红嫂故里书系

鱼水情乡桃棵子

■ 王德厚 / 主编

山东城市出版传媒集团·济南出版社

图书在版编目（CIP）数据

鱼水情乡桃棵子 / 王德厚主编. —济南 : 济南出版社，
2018.3（2024.2重印）
（红嫂故里书系）
ISBN 978-7-5488-3078-8

Ⅰ. ① 鱼… Ⅱ. ① 王… Ⅲ. ① 报告文学－中国－当
代 Ⅳ. ① I25

中国版本图书馆 CIP 数据核字（2018）第 050763 号

鱼水情乡桃棵子　　王德厚 / 主编

出　版　人 / 崔　刚　责任编辑·装帧设计 / 戴梅海
封面绘画 / 王幼平　摄影 / 郭其祝

出版发行　济南出版社
地　　址　济南市二环南路 1 号 250002
网　　址　www.jnpub.com
电　　话　0531－86131726
传　　真　0531－86131709
经　　销　各地新华书店

印　　刷　山东百润本色印刷有限公司
成品尺寸　150×230 毫米　16 开
印　　张　11.5
插　　页　4
字　　数　150 千
版　　次　2018 年 3 月第 1 版
印　　次　2024 年 2 月第 2 次印刷
定　　价　59.80 元

发行电话　0531－86131730 / 86131731 / 86116641
传　　真　0531－86922073

《鱼水情乡桃棵子》编委会

顾　问　张道胜

策　划　徐本开

主　任　戚树启

委　员　鹿成增　　赵光好　　李　伟　　邱　健

　　　　于化凤　　邵光智　　靳志刚　　王林墩

　　　　王伟山　　李红伟　　张希波　　王德厚

　　　　王述文　　刘海洲　　张在召

主　编　王德厚

副主编　王述文　　刘海洲

序

张芝绪

　　翻开这部书稿，真让我大吃一惊：在去年刚刚出版《沂蒙红嫂祖秀莲》之后，我县几位业余作者竟然又捧出了这部新作《鱼水情乡桃棵子》。我既惊叹于这些同志宣传红色文化的热情与干劲，也惊讶于桃棵子这个小山村，竟有如此大的文学素材蕴藏量。

　　一个小小的山村，20世纪60年代初，就吸引了大作家刘知侠前来采访，接连写出了以桃棵子村民祖秀莲为人物原型的《沂蒙山的故事》和《红嫂》两部经典作品。此后，桃棵子这座红色文学素材的富矿，就不断有作家、记者、演员来此采访或者体验生活，不断有人来参观学习。过去来采访或学习的人，主要是奔着红嫂祖秀莲来的。红嫂祖秀莲与被她救护、复员后来此认母落户的郭伍士相继去世后，前来采访和学习者不但没有减少，反而越来越多。近几年到这里来的人，除了学习、传承红嫂的奉献精神和体验军民鱼水情深外，还有来看风景的、旅游休闲的，因为这里是革命传统教育基地，这里的青山绿水，这里的幽静环境，这里丰富的地域历史文化都是别处所不具有的。

　　红色的革命传统，绿色的自然环境，美丽的民间传说，淳朴的人文风情，这些都是桃棵子得天独厚的优质资源，也是吸引外地人来此参观学习、旅游观光和投资建设的重要原因，更是作家们奋笔书写、予以歌颂的主体内容。

《鱼水情乡桃棵子》一书，分别以"鱼水情乡""美丽乡村"和"古村传说"三个小辑，集中概括了桃棵子村的特点、亮点和看点，全方位诠释了桃棵子的政治生态、自然生态和文化生态，将桃棵子的历史、现在和未来，作了全面的细致描述与生动呈现。

任何艺术作品都是对现实生活的反映，这部《鱼水情乡桃棵子》也不例外。

正是因为这里的群众好，爱党爱军，勇于奉献，才成为革命根据地中的堡垒村，才产生了"红嫂"；正是因为这里的山好水好，桃棵子才被誉为"中国美丽乡村百佳范例""山东最美乡村"；正是因为这里历史悠久，民间文化深厚，桃棵子才被评为"山东首批传统古村落"。《鱼水情乡桃棵子》这本书就是对"最美乡村""传统古村落"的详细解读和具体阐释。

一个小山村，由多部作品来书写，值得；一个小山村，用多部书籍来表现，罕见！

感谢作者们的辛勤创作！并祝愿红嫂故里桃棵子村越来越美丽、富裕、文明！

2017 年 7 月 10 日

（本序作者系沂水县政协主席）

目　录

第三编 · 古村传说

第一编

鱼水情乡

英雄挡阳柱

王述文

青山常入梦，锦绣总牵情。

在沂水县与沂南县的交界处、桃棵子村南有一座山，浑厚挺拔，气势雄伟，名叫挡阳柱。挡阳柱山与被称为第五种岩石造型地貌的沂蒙山的"崮"比起来，气质又有不同："崮"大都是一座座相对独立的山头，从下到上由缓到陡，待到峰巅，一圈"石帽"峭壁如削，顶部则平展开阔，远处望去，酷似一座座高山城堡；而挡阳柱，则好像在崮的"石帽"顶部又摞上了一座山，那顶"石帽"则成了一圈"石带"环绕在山上，像给这山打了一道石头"圈梁"。"圈梁"上面则更陡更险，几不可攀。

传说很久很久以前，这里曾是一片汪洋大海，海平面就在现在的悬崖一线，曾有人在挡阳柱山头的悬崖上发现过船锚。传说真假无人考证，不过这里曾是海底无疑，因为，在几十里外的山上已经出土了很多毛蛤之类的化石。

有人说，挡阳柱是座空山，里面储满了水，有一对金扁嘴（鸭子）在里面巡游。如果山里的水泻出来，能把沂水县城都淹掉。传说虽然有些荒唐，但人们把耳朵贴近挡阳柱山地面，会听见山里有流水的声音；有时，还会有"呼呼"的声音，像是瀑布。而更有说服力的是：在挡阳柱山阳面的悬崖下有个水洞，洞口有

3

两米半高，两米多宽，进洞口七八米，是一片平地；再往里，则乱石堆积，像个干涸的河床，空间也扩大了很多。沿着滴滴答答的落水声望去，乱石的洞底变成了清澈的水潭，一直向东南方向延伸。有好奇者曾经来这里执火探险，但因进去一段后，空间狭窄起来，加之漆黑寂静和神秘莫测带来的恐惧，半途而归。

去挡阳柱山顶，如果不想从很远的地方绕道上山，只有两处可攀：一处是挡阳柱山阴的石崖稍矮处，利用山崖自然形成的石阶（当然也开凿过）攀登。在这里，人们会对挡阳柱有一种更真切的理解：挡阳柱背面的山膀上居住着六七户村民，这些人家上午9点后才能见到阳光，过午以后，阳光就被巨大的山体挡住。山上的树木很多，有杨树、楸树、槐树、松树等，它们生活在山阴，为争那一缕宝贵的阳光，便拼命地往上长，比别处的树木高挑挺拔许多。因此，在这里生活的人们和山上的树木百草更能深切地体会到挡阳柱的意涵……

另一处是从山东南那段石梯攀登上去，坡很陡，爬不多远，就会累得气喘吁吁。抬头的瞬间，挡阳柱的山顶竟向西绵延而去，越来越高，越来越远……原来，挡阳柱从东面看，是一个圆锥形的陡峭山峰，浑厚挺拔，而从南面的角度看，是绵延无尽的巨大的屏风似的山体，这可能就是诗人说的"横看成岭侧成峰"吧！

人们对挡阳柱的关注与情结，更因为76年前发生在挡阳柱的一场激烈的战斗。八路军指战员们那种视死如归的大无畏精神，使这座敦厚的大山，平添了一份英雄气概和威严，成为一座英雄的山。

1941年11月2日，日伪军5万余人对鲁中抗日根据地实行"扫荡"。头两天，敌人运用铁壁合围战术，将中共中央山东分局、山东战时工作推行委员会、一一五师师部、山东纵队指挥部等机关包围在南北不足80里，东西不到70里的沂水县南墙峪和沂南县岸堤、依汶、马牧池一带。

4日拂晓，日伪军一部兵力奔袭驻马牧池的八路军山东纵队指挥部，在山东纵队青年团的奋力抗击和山纵一旅一个营的掩护和接应下，机关突出重围，中午前到达南墙峪村。机关人员和警卫部队尚没有来得及喝一口水，吃一口饭，便发现敌人已跟踪而至，且面临南北夹击之势。趁未接火之前的短暂空隙，机关人员与青年团抢占了南墙峪村西的挡阳柱西山。青年团除留少数兵力作为预备队之外，大部兵力分南北两路，分头迎击敌人。山纵指挥部警卫部队——山纵青年团，于10月刚刚组建，其成分是八路军一一五师调来的一个营和鲁中各部队抽调的骨干，是一支素质很高的部队。下午1时许，敌人向西山发动攻击。面临强敌，青年团毫不畏惧，表现得非常镇静，不到能杀伤敌人的距离不开火，要打就集中火力把敌人打下去。因此，敌人虽然借人数、火力的优势发动一次又一次的攻击，但都没有奏效。战斗异常激烈。下午3时许，青年团大部指战员已将子弹打完，有的拖住敌人滚下山崖，与敌同归于尽，用惨重的代价争取了时间。太阳快落山的时候，枪声渐渐稀疏下来，山纵指挥部于当夜脱离敌人布以重兵的中心根据地，到达敌人包围的外圈——芦山。

在这次战斗中，时任山东纵队司令部侦查参谋的郭伍士，被派往桃棵子、南墙峪一带侦察敌情。当他翻过挡阳柱往桃棵子村隐蔽前行时，被山后包抄过来的五六个鬼子发现了。敌人疯狂地向他射击，郭伍士躲避不及连中数弹，意识到逃生无望的他，迅速将随身携带的驳壳枪埋进了一块地瓜地里，然后艰难地前行了几十步，便再也走不动了，一头栽倒在一块大石头下面。鬼子一步步逼近过来，把他靠在大石头上，一个一个像练刺杀一样，举枪向他头上、身上刺去。最后一个鬼子还不过瘾，举枪向他肚子上捅去，他的肠子顿时流了出来。

不知道过了多长时间，郭伍士从昏迷中慢慢醒来，顿感身子像躺在千万把刀尖上，口里和心窝里都像有块烧红的铁。郭伍士拼上全身的力气向桃棵子村方向挪动，好不容易爬到了村头，却没看到一个人，原来老百姓都到山里躲鬼子去了。在家侍候重病丈夫的祖秀莲发现他后，立即将其扶回家中，先用温水擦净他全身的血迹，又对其身上多处伤口予以清洗和包扎。为防日伪军搜捕，祖秀莲一家将郭伍士转移到西山一个石洞里，每天送水送饭，为其擦洗伤口。为了使郭伍士早日痊愈，祖秀莲自己一家吃糠咽菜，却用纺线卖的钱买回米、面做给他吃，还杀了家中唯一的母鸡熬汤给他增加营养。经过 29 天的精心护理救治，郭伍士的伤口一天天好转，后又转至部队医院治疗，痊愈后重返前线。

1947 年郭伍士复员，好多跟他一起复员的战友都回到了原籍。老家为山西大同的郭伍士从 1937 年参加革命就离开了家乡，想家的心情可想而知，但是郭伍士思量再三，还是决定回到他的第二故乡——沂蒙山区。

复员后的郭伍士在沂南住了几年，成了家。后来，他在桃棵子村终于找到了给他第二次生命的祖秀莲，他当即认祖秀莲为母亲，并带爱人和孩子迁至桃棵子村，同祖透莲住在一起，以照顾老人，为义母养老送终。

红嫂祖秀莲勇救伤员、郭伍士知恩图报的故事，感动了作家刘知侠。1960 年，刘知侠来到沂蒙山区腹地沂水县采访，不久，《沂蒙山的故事》和《红嫂》出版了。书中张大娘（原型祖秀莲）勇救八路军战士赵大祥（原型郭伍士）的故事，其素材就来自桃棵子南山挡阳柱和发生在挡阳柱上的故事。

1964 年 6 月 20 日，根据同名小说改编的《红嫂》参加了全国京剧大会演。精彩的表演，感人的剧情，博得了全场观众的阵阵掌声。1964 年 8 月 12 日，《红嫂》与《奇袭白虎团》剧组专程到北戴河为毛泽东、朱德等党和国家领导人演出。演出结束后，毛主席上台接见了剧组和演职人员，还对这部戏进行了细致的点评和赞赏。他说："《红嫂》这出戏是演军民鱼水情的戏，演得很好，要拍成电影，教育更多的人，做共和国的新红嫂。"由此，《红嫂》在全国产生了巨大的反响。红嫂的形象渐渐深入人心，被大众所知。

1964 年，文化部决定将《红嫂》拍成电影。为了将《红嫂》

中的人物形象演绎得更加生动、贴近生活，演职员们多次到沂蒙山区、到桃棵子体验生活。关于为什么后来《红嫂》改为《红云岗》，当地有这样的传说：有一天早上当编导们面对挡阳柱山，虽看不到太阳升起，却看到被阳光映照的一片红云时，艺术家的灵感让他们马上想到了"红云岗"这个名字。又因为红嫂救伤员的故事就发生在挡阳柱山战斗，因此剧名就改为《红云岗》，并经过多年精心打造于1976年拍成电影。

1971年，中国舞剧团决定把《红嫂》改编成舞剧，组织全体剧组人员来沂水体验生活40多天。当他们了解到当年在这片红色土地上，沂蒙人民为革命所做出的巨大牺牲，红嫂就是这个群体中的优秀代表，红嫂精神代表着沂蒙精神时，遂将剧名定为《沂蒙颂》，与京剧《红云岗》一样，成为传播红嫂故事的经典剧目。

人，因精神的不朽而被崇敬；山，因英雄的壮举而被牢记。如今，桃棵子村由"老穷村"变成了"红富美"，前来观光旅游的人拜谒红嫂墓，祭奠义子魂，仰望挡阳柱，热流涌心头。虽找不到当年那次战斗场面的详细纪录，也查不清战斗中到底牺牲了多少八路军指战员，但感人至深的是：挡阳柱更加挺拔矗立，风景秀丽；人民子弟兵牺牲流血，铸就了中华国魂；人民坚强的臂膀，托起了中国革命的胜利；不朽的沂蒙精神，昭示着中国共产党人的初心，蕴含着我军立于不败之地的制胜之本！

挡阳柱，沂蒙山的脊梁；挡阳柱，一座高大无比的英雄纪念碑。

追寻着红嫂的足迹

■ 王德厚

桃棵子村地处沂水县最西南端，几乎是四面环山，自古进出村庄只有村东一条蜿蜒小路，进到里面是一条"葫芦峪"。村子四周被林立的高山所阻挡，外人很少踏进这个封闭的小村。村人也因交通不便，鲜与外界往来，世代延续着男耕女织自给自足的生活，俨然一处世外桃源。

自从 1937 年抗日战争全面爆发，作为沂蒙山根据地的中心地带，南北沂蒙两县（抗战初期，沂水曾分为南北沂蒙两个县，南沂蒙后改为沂南县）交界，其战略位置极为重要，南来北往的部队、党政干部，桃棵子人见过不少，并且和他们并肩作战，生死与共，尤其是老百姓和子弟兵的关系，那更是水乳交融、情义深厚，因而这里被人们誉为"鱼水情乡"。

战争结束了，新中国成立了，和平环境中的小山村又恢复了以往的宁静。但从 1956 年开始，这个昔日闭塞的村子又热闹起来，特别是到了 20 世纪六七十年代，远方的客人纷至沓来，来客多得让桃棵子人应接不暇。

来桃棵子的人全是为了一个目的——追寻着"红嫂"的足迹，访问战争年代舍生忘死救战士的子弟兵母亲祖秀莲、忠孝两全的感恩典范郭伍士，探究老区"军民鱼水情"的真谛。

最先来的两位抗日老兵

祖秀莲1941年勇救伤员的事，因当时是在极端秘密的情况下进行的，除几个本家侄子外，并无外人知道。直至新中国成立后，淳朴善良的祖秀莲也没向外人提及此事，要不是两位抗日老军人的造访，我们很可能没机会和"红嫂"相遇。

第一位到访者是祖秀莲救助的八路军伤员郭伍士，那个后来成为祖秀莲义子的山西人。

1956年深秋的一天，桃棵子挡阳柱山后那条寂静的小路上，来了一个平日少见的买卖人。此人头戴苇笠，肩挑一副担子，沿峙密河岸慢慢地向桃棵子村走来。突然，他好像被周围的山形和地貌所吸引，便放下挑子四处打量起来。沿着小路向西约200米就是桃棵子，村庄坐落在一条山谷的西边，村子北边、西边和南边都被群山围裹着，山势陡峭，只有一条小路沿着向东南延伸的小河——峙密河——通向外部。买卖人像外出多年的游子找到了家一样，惊喜地挑起担子，加快了脚步，甚至是跌跌撞撞地沿着崎岖不平的小路小跑起来……说到这里，读者应该猜出了来人是谁，他就是1941年在挡阳柱山战斗中负伤、桃棵子村祖秀莲大娘舍身相救、在这里养伤29天的八路军战士郭伍士。

郭伍士，1912年出生，山西省浑源县小道沟村人，1937年4月参加红军，抗战初期在太行山参加了多次抗击日寇的战斗，1938年随八路军东进部队来到山东，一直随部队转战于沂蒙山区。

1947年，参军整整十年、身经无数次战斗的郭伍士复员了。这时摆在他面前的是一个去向选择的问题：一是回山西老家，那里是自己的家乡故土，有自己的亲人，十年在外，兵荒马乱，家中的情况一无所知，他是多么想回到家乡见见亲人啊！二是留在沂蒙山区，寻找救助自己的那位大娘，好好报答自己的救命恩人！经过无数次的思想斗争，他终于决定在沂蒙山区安家落户。

郭伍士复员后，被安排落户在沂南县隋家店子村。村里分给了他四亩土地，给他盖了房子，并与邻村的一个祖姓女子结婚生子。郭伍士的生活是安定下来了，但是他的内心却没有平静下来，他的心里一直有个强烈的愿望，那就是找到那位冒着全家生命危险掩藏、救助他的张大娘，了却多年来的一个心愿。由于不知道大娘的村名和姓名，也记不清村庄的周围环境，他提供不出任何有用的线索，当地政府也没法帮他寻找。后来，他突然想到了一个主意：一边卖酒一边寻找恩人。于是在沂蒙山区的阡陌小道上，经常见到一位挑着一头是酒篓一头是狗肉盆的挑子，操着一口山西腔的买卖人。卖酒人每到一个村庄，不是竭力地推销自己的烧酒，而是逢人就问这村有没有个"张大娘"？然后介绍着张大娘的身高模样、年龄和穿戴，为了表达得更清楚，他还一边做着手势一边向人讲述。很多时候，人们听完后根据他的描述，会领他去一户人家，说：这就是你要找的人。他一见面却摇头失望，不是他要找的人，因为身高、年龄差不多的"张大娘"太多了。在部队时他当过几年侦察兵，他对观察地形有着特殊的嗜好。这天来到挡阳柱山后，看着看着，他的大脑里突然闪现出一个镜头：他身在的这个地方就是当年他负伤的地方！他在激动中再一次细细地观察了一下这个村子周边的山形地势，他的心激动得快要跳出来了——这就是他被鬼子击中并用刺刀连捅了数刀的地方！前面就是他受重伤时爬去的那个村子，就是自己的再生之地！救命恩人就在这个村子里……

郭伍士挑着挑子跟跟跄跄来到村头，作为一名老党员的他，首先找到村里的党支书说明了自己的身份和寻母的目的。碰巧村支书就是当年曾帮助祖秀莲救助他的年轻人之一张恒军，张恒军领着他径直来到了张大娘家门前小河边，此时祖秀莲正在河边洗衣服。一见到自己的救命恩人，他扑通一声跪在了老人跟前，声音哽咽着叫了一声"娘"，便大哭起来。此时的祖秀莲被眼前的一幕惊蒙了，接着她猛然想起了一个人，莫非是他？……她伸手在来人的脖颈上一摸，又低头一看，只见来人脖颈上一块铜钱大的明晃晃的伤疤，她还不十分相信，又扳起头往这个人的嘴里一看——满口的假牙。随着对来人身份的肯定，祖秀莲声泪俱下："孩子，你终于来了！"……

郭伍士千里寻母报恩的行动，经过多年的努力，终于有了一个圆满的结果。从1941年秋，郭伍士在祖秀莲精心救护29天后，被送往附近的我军野战医院继续治疗，到1956年郭伍士再次来到恩人的身旁，时间整整过去了15年！这15年来，双方都不知道对方的音信，双方都在彼此牵挂着。郭伍士找到恩人后，将张大爷和张大娘认作爹、娘。从此，郭伍士不仅在山东沂蒙山有了自己的家，还有了自己的父母。平日里一有空闲或逢年过节，郭伍士都带点礼物来看望祖秀莲一家。

1958年，沂南县要在隋家店子修建水库，村民需要搬迁。上级号召可以到自己的亲戚家投亲落户。郭伍士一听这个，比任何人都高兴，因为这正好给了他一个和"爹""娘"一家团聚在一起的机会，于是他申请搬迁到沂水县桃棵子村落户。1958年深秋的一天，郭伍士和妻子用一辆手推车，推着所有的家当和4个孩子，来到了桃棵子村。桃棵子村人全都姓张，从此添了一户郭姓人家。郭家虽是异姓，但他是张大娘祖秀莲的义子，所以郭家和张家就是一家人了。

郭伍士一家来到桃棵子村后，村里分给了他们粮食，但当时没有房屋居住，大队长张恒宾将自己的三间堂屋腾出来一间，让郭家居住。郭家的长子郭文科和张恒宾的孩子张道森睡一个炕上，两家不分彼此。

如果说1956年郭伍士挑着酒挑子来寻张大娘时还算是客人的话，1958年再来桃棵子已经正式成为这里的居民了。桃棵子村的档案保管比较完善，前些时候笔者翻看20世纪50年代的户口册子，郭伍士1958年入籍桃棵子村的户口卡片依然在册，奇怪的是名字当时写的是郭伍思，找寻多人究其原因，原来是郭伍士山西口音的缘故。桃棵子的许多老人讲，郭伍士刚来桃棵子时，他的山西话桃棵子人十有八九听不太懂，据说他向大队报名字时，大队会计听清了前两个字，第三个字似乎觉得像"思"的音，就没再细问，马马虎虎填写了那张卡片，以后弄清楚了大家也不过一笑了之，别的账本上、记工本上都改"思"为"士"了，唯独户口卡片忘记改过来，后来户口管理改革，老户口册子就压到箱底没再动过。没想到，一次小小的笔误竟成了 60 年后一个多出来的研究话题。

这位人民军队培养出来的战斗英雄，怀着报恩之心、感恩之情，甘愿给恩人祖秀莲当儿子，为义母养老送终，终生再没有走出桃棵子。

第二位到访者也是一位老八路，此时已成为著名作家的刘知侠。

刘知侠（1918～1991），河南卫辉人，我国著名作家。1938 年夏天，刘知侠怀着抗日救国的热情，奔赴延安抗日军政大学学习。这年冬天，在行军路上，他加入了中国共产党。1939 年 5 月，刘知侠抗大毕业后，又留校学习军事专业。学习结束，刘知侠随抗大一分校来到山东抗日根据地，分配到抗大山东分校文工团工作。1943 年抗大分校取消建制改编为山东军区教导团，刘知侠随文工团调到山东省文协。新中国成立后，刘知侠担任了济南市文联主任。1950 年山东省文联成立，他任编创部长、秘书长、党组委员。在此期间他创作了短篇小说《铺草》，深受广大读者喜爱。1953 年他的长篇小说《铁道游击队》出版，后改编成电影文学剧本，搬上银幕。1959 年，山东省文代会选刘知侠为省文联副主席兼中国作家协会山东分会主席。

1960 年初，这位刚刚走马上任的山东省作协最高领导，急急火火地来到沂蒙山区的沂水县。

自从抗日老战士郭伍士落户沂水县桃棵子村，给救命恩人张大娘做了儿子后，此消息不胫而走。刘知侠有个亲戚在沂水县政府工作，他通过那位亲戚很快知道了这件事。曾在沂蒙山战斗过的刘知侠，曾亲身经历过沂蒙人民对子弟兵的深情厚爱，张大娘和郭伍士的义举激起了作家强烈的创作欲望，他要在沂蒙腹地沂水住下来，进行深入采访，通过深入实际深入生活，写出他心中萦绕已久、反映"军民鱼水情"的作品。

当刘知侠怀揣省里的组织关系介绍信向沂水县委报到后，第二天便找了辆自行车连骑带推地来到了离县城近 40 公里的桃棵子村。

刘知侠来到桃棵子第一天，就住到了张大娘家。《沂蒙山的故事》中关于作者初次见到张大娘和赵大祥（郭伍士）的描写，大抵与当时的情况相同：

晚饭是从食堂打来的，饭菜很好，张大娘还嫌不够，又炒了一盘鸡蛋。并要张大爷明早去东庄赶集，买点菜回来包饺子给我吃。

我准备明天和大爷一道去赶集，一方面我想在集上给两位老人买点东西，同时也真想再看看农村集市的样子。这些年生活在城市里，要买什么出门就是商店，而在这过去的山村里，要买东西得到集上去呀！五天一个集，到时候远近山村的人们都到这里集中。往日里，我也赶过不少山村的集市啊！

晚上，大娘帮我铺好床铺，说我在路上累了，要我早早休息。当我躺下来后，她老人家还像母亲一样坐在我的身边。这时候我感到像到了自己家里一样温暖，我受到了慈母一样的爱抚。比起那些由于工作忙，不能来看张大娘的同志我是多么幸福啊！

这时，我看到一位四十多岁穿庄稼服装的人，走进院子，他个子不太高，脸庞微黑，右脸颊上有条长长的伤疤。他手里提着两条大鲜鱼，径直走进了屋子。他一见大娘，就亲热地说：

"娘！咱家来客了嘛，我给你老人家送两条鱼来！"

我一听他的"客"和"鱼"的口音，就听出对方是个山西人。

因为我抗战初期,在山西打过一年游击,那里的口音我是能够听出的。可是这个外乡人怎么一进门就叫"娘"呢?不能是他叫溜了嘴,也许是我听错了,莫非他原是叫的大娘,我没听出那个"大"字?

张大娘一见这个山西人,就笑眯眯地说:"大祥!快进来坐坐吧,等会一块吃饺子。"接着她就把我向山西人介绍说:"这是你的一个兄弟!过去在咱家住,和你一样,受了多少苦啊!现在又来看老娘了!"说着,张大娘用责怪的眼睛又对山西人说:

"大祥!你来好了,怎么还花钱买东西干啥?"

叫大祥的山西人笑着说:"娘!好久没来孝顺你老人家了,我今天到集上看见有鲜鱼,就给你买了两条。刚才听说咱家来客了,这正好,拿来你也好待客呀!"

这次,我可听清楚了,原来还是叫的"娘",而且大娘和他都说这里为"咱家"。这是怎么回事呢?我就指着大祥问大娘:

"他是你老人家的……"我还没说完,大娘就接过去:

"他是我半路上拾来的儿,叫赵大祥!"

赵大祥知道我正在为他母子的关系怀疑,也就指着大娘对我说:

"她老人家就是我的娘!在打鬼子的时候,她把我从死里救活了,从那天起,我就把她当作生身的娘,做她的儿子了!你还不明白吗?"

"啊!……"我省悟地点了点头。我正要想往下问,这时煮的饺子已经端上来,我们就一块吃起水饺来了。

读到这里,读者应该完全明白,通过"我"(作者)与张大娘和赵大祥的简短对话,已把"红嫂"救伤员的故事说清楚了。除郭伍士的名字改为赵大祥外,其他完全与现实吻合。如祖秀莲丈夫姓张,按当地风俗习惯就该叫她张大娘,郭伍士也确实是山西人。就连"晚饭是从食堂打来的"也交代清楚,这一点可能有些读者并不太在意,1958~1960年的三年多时间,全国农村都办起了公共食堂。此时郭伍士在桃棵子食堂担任管理员，郭伍士按部队习惯自称司务长，是桃棵子村党支部鉴于郭伍士是个二等伤残军人而照顾他，给他派了个相对轻快的工作。其实，刘知侠来桃棵子时，农村食堂大多接近停办，郭伍士的工作也即将转为看护山林，但他要写的男主人公来桃棵子的头两年，全部做的食堂工作，这点对刘知侠来说印象特别深，所以也就自然地体现在作品中。

从这一天晚上开始，刘知侠在沂水开始了他长达一年多的采访、创作和体验生活。在山里采访了些日子，回到县城开会（按省里要求参加沂水县委常委会）时，便急不可耐地在城东岭上那间小屋里开始了《沂蒙山的故事》的写作。作家可能被大娘舍身救人的大爱所感染，抑或怕好不容易得来的鲜活素材日久淡化失色，影响他的创作思路，又因为作品中的几个主要人物出场相对独立，他便采取了边采访边写作的方法。在好长时间里，白天出去采访（有时还参加修水库等劳动），晚上回来挑灯夜战。一年多后，一部小长篇小说《沂蒙山的故事》完成，作者在小说结尾的最后写着"1961 年 3 月 26 日写完（于）沂水东岭"。这是一部由多个相对独立的故事连缀而成的小长篇。同年 8 月，该作品由山东人民出版社出版发行。

几乎就在创作《沂蒙山的故事》的同时，刘知侠又写成了另一部中篇小说《红嫂》。《红嫂》发表在 1961 年第八期的《上海文学》上，作者在文末注明为"1961 年 4 月 25 日写完于沂水东岭"。

只要看过小说《沂蒙山的故事》和《红嫂》的人，就会知道："红嫂"这一名称的最早也是唯一的提出人，是著名作家刘知侠，时间是 1961 年。

时间已经过去 50 多年了，但桃棵子的老人还都记得这位省里来的大作家——刘主席留着背头，衣服干干净净，手里拿个本子，见人就住下拉呱，往本子上写字……

各路"红嫂"访红嫂

《沂蒙山的故事》和《红嫂》出版以后，受到了全国广大读者的欢迎，在社会上产生了强烈的反响。不论是张大娘（《沂蒙山的故事》中的称呼），还是红嫂（《红嫂》中的称呼），其淳朴善良，舍命救子弟兵伤员的感人事迹，给人们的心灵以极大的震撼。戏剧界看中了这个题材的现实意义和故事本身极强的戏剧性，遂将小说改编为剧本。20世纪60年代初期也是戏剧繁荣、百花齐放的年代，各地把新编、新创剧目，作为一项重要任务对待。因此，红嫂的故事一面世，立即引来众多的戏剧院团的争相改编上演。那时的艺术家们非常注重体验生活，所以，整个20世纪六七十年代，无数的"红剧"演职员接踵而来，成为桃棵子村的常客。

最早来到祖秀莲家的是淄博京剧团的演员，据知情人介绍，淄博京剧团是全国最早排演《红嫂》的文艺团体。1963年秋，为了繁荣京剧现代戏创作，文化部决定次年在北京举行全国京剧观摩演出。为挑选出优秀的剧目参加演出，山东省文化厅决定在全省举行京剧会演，遴选赴京演出剧目。在那次全省京剧会演中，淄博市京剧团将作家刘知侠创作的小说《红嫂》，改编成了现代戏参加了会演，被领导和专家们慧眼识中，淄博京剧团的《红嫂》脱颖而出。由此，淄博京剧团的《红嫂》与山东省京剧团的《奇袭白虎团》，一起获得了进京参加全国京剧观摩演出的入场券。

会演的剧目定下来了，接下来就是剧本修改和演员体验生活。饰演红嫂和侦察员等的主要演员立即下到现实中的红嫂故里体验生活——包括出演红嫂的首位演员和后来从青岛京剧团调来的梅派演员张春秋，都多次来桃棵子与"红嫂"祖秀莲同吃同住同劳动。很多村民至今记得，张春秋来桃棵子时，不摆艺术家的架子，甘愿当祖秀莲和社员的学生，不管是做家务活还是种地、除草，样样都干，还不时在田间地头为社员们演唱几段京剧选段，或与村里的宣传队一起搞联欢。在 2015 年新建的沂蒙红嫂纪念馆里，陈列着沂水县委一位老干部收藏的数张珍贵的黑白照片，印证了村民们的记忆清晰准确。在这些泛黄的照片中，有张春秋等在田间劳动的留影，有张春秋在地头为社员演唱的照片，也有张春秋等演员与祖秀莲围坐在一起交流的场面。看着他们每个人脸上灿烂的笑容，如同听到了 50 多年前大山里的欢声笑语。

1964 年 6 月 20 日，《红嫂》参加了全国京剧大会演。《红嫂》演出的第一场是在北京的二七剧场。精彩的表演，感人的剧情，博得了全场观众的喝彩。在首都剧场演第二场的时候，刚刚结束国外访问的周恩来总理也前来观看演出。周总理上台接见了演员们，并夸奖他们剧目题材写得好，演员演得好。此后，周总理还专门召集了《红嫂》剧团的领导召开了座谈会，在会上总理就《红嫂》的旋律、唱腔提出了自己的意见和建议。全国京剧观摩演出结束后，1964 年 8 月 12 日，《红嫂》与《奇袭白虎团》剧组专程到北戴河为毛泽东、朱德等党和国家领导人演出。演出结束后，毛主席上台接见了剧组和演职人员，还对这部戏进行了细致的点评和赞赏。他说："《红嫂》这出戏是演军民鱼水情的戏，演得很好，要拍成电影，教育更多的人，做共和国的新红嫂。"此次全国京剧观摩演出后，《红嫂》在全国产生了巨大的反响。红嫂的形象慢慢深入人心，被众人所知。

1964 年，文化部决定将《红嫂》拍成电影。为了将《红嫂》中的人物形象演绎得更加生动灵活，演员们又多次到沂蒙山区、到桃棵子体验生活。他们通过走访，了解到了更详细的故事背景资料，对剧本进行了多次修改。经过十几年的提炼加工，直到 1976 年 9 月，《红嫂》（已改为《红云岗》，仍由张春秋主演）被八一电影制片厂搬上银幕。

另一部表现红嫂的大剧是中国舞剧团演出的现代舞剧《沂蒙颂》，它是继《红色娘子军》《白毛女》后，又一部用芭蕾舞表现革命题材的舞剧。1970 年，中国舞剧团根据有关领导意见，决定将 1964 年就已上演的京剧《红嫂》改编为芭蕾舞剧《沂蒙颂》。任务下达以后，中国舞剧团迅速成立了由李承祥、徐杰、栗承廉、郭冰玲为编导，马运洪任舞美设计，刘廷禹、刘霖及之后又由杜鸣心参加作曲的《沂蒙颂》创作班子。创作一台舞剧不是拿京剧本子简单地改编，而是一次全新意义上的创作，而要达到理想的目标，首要的任务是体验生活，在此基础上进行剧本的构思。兵贵神速，舞剧团在筛选好人马后，立即组织了一个庞大的创作团队，于春寒料峭的 1971 年初下到山东省沂蒙山区的沂水县体验生活。

1971 年 2 月 25 日，地处沂蒙山区腹地的红嫂故里沂水县迎来了首批体验生活的艺术家，这次下基层体验生活的阵容之大、时间之长，可以说是前所未有的———一行 76 人在沂水住了 34 天。

可能是因为人员较多的缘故，中国舞剧团体验生活的团队从北京乘车到达沂水后，没有直接去桃棵子，而是住进了沂水西部山区的王庄。王庄当时是区（后改为王庄公社）革委会驻地，1938 年至 1939 年，这里曾是苏鲁豫皖边区省委和中共中央山东分局所在地，是中共中央山东分局、八路军山东纵队的诞生地，也是《大众日报》的创刊地。罗荣桓、徐向前、陈毅三位元帅曾经在这里工作和指挥战斗。比起桃棵子村来，这里交通、住宿方便，并且与桃棵子村只隔着两座山，十几公里的路程。

来到沂水县王庄后，舞剧团的所有演职人员都住在了社员家里。用他们自己的话说，是"遵照毛主席的教导和中央首长指示，吃住在贫下中农家，和贫下中农亲如一家，做到了同吃同住同劳动，谦虚谨慎，不骄不躁，虚心接受贫下中农再教育……"（摘自《中国舞剧团到临沂地区沂水县王庄区体验生活的情况报告》）舞剧团的同志在沂水体验生活的 30 多天时间里，先后请"三老"和包括祖秀莲、郭伍士在内的英雄模范人物举行报告会 15 次，还专门组织有关人员赴桃棵子，住在祖秀莲家面对面地学习。通过听报告和深入学习，艺术家们受到了一次深刻的革命传统教育，纷纷表示一定要学习红嫂精神，创作好《红嫂》剧本，演好"红嫂"这出大戏。在此期间，剧组还为祖秀莲和群众演出了舞剧《红色娘子军》选场。

为了该剧的创作，舞剧团的同志们还开展了广泛的社会调查，走访了多地群众，据《报告》统计，共登门拜访群众 150 余户，召开小型座谈会 100 余次，获得了大量创作素材，汲取了丰富的精神营养，为日后舞剧《沂蒙颂》的创作和演出打下了坚实的生活基础。

中国舞剧团的创作及演职人员在老区经过与群众心贴心的体验生活，从中吸收到无尽的精神文化营养。我们从 1975 年电影版《沂蒙颂》中可以看出，该剧沂蒙山的韵味特别突出，在服装、舞美、道具及生活细节等方面，无不体现着沂蒙文化的特色。给观众印象最深的是那深蓝色印花粗布（服装、门帘、片头背景均有涉及）、舀水的葫芦瓢、泥做的火炉、沂蒙山独有的崮、遮挡洞口的葛藤……那村姑的朴素装束和挖野菜的轻巧舞步，还有把《沂蒙山小调》作为主旋律的音乐及插曲《愿亲人早日养好伤》……

1973 年 5 月 16 日，《沂蒙颂》正式首演于北京天桥剧场。《沂蒙颂》诞生后，曾多次在北京、上海、广州等多地演出，1976 年还出访德国、奥地利等国家。1975 年由八一电影制片厂拍成电影在全国公映。从此，"蒙山高，沂水长……"的旋律响彻神州大地。

在 20 世纪 60～70 年代，前来学习和体验生活的作家、艺术家何止成百上千！

解放军进山来

1971 年一个滴水成冰的冬日，桃棵子村迎来了新中国成立以来第一拨成建制的解放军部队。来者是临沂军分区机关和独立营的官兵，野营拉练来到桃棵子村。

第一次近距离接触那么多解放军，乡亲们的心情无比激动。家家户户像当年迎接八路军一样，把同志们领回家，为他们铺床、烧洗脚水，把平日舍不得吃的花生炒上，鸡蛋煮上，把热气腾腾的姜汤端上，感动得战士们一个个热泪盈眶。部队官兵住下后不顾鞍马劳顿，争相为乡亲们挑水、劈柴、打扫卫生。红嫂张大娘家里更是熙来攘往，干部战士都想为老人家做点事，听她讲当年救伤员的故事，文艺宣传队还专门为老人家演出了"专场"。

这次野营拉练的路线本来是沿公路走的，到了沂水的姚店子公社驻地后，部队没有沿省道前行，首长一声令下，部队除少量人员驻姚店子外，大部队沿小路继续西行，分别开进了院东头公社的马家崖村和桃棵子村。张百臣营长把营部安在了最西端的山旮旯桃棵子，目的只有一个，利用部队拉练的机会慰问拥军模范——沂蒙红嫂祖秀莲。数百名指战员在这个绵延十几公里的山峪里住了7天，各个营房的官兵大都到过桃棵子，看望老模范张大娘和八路军侦察英雄郭伍士，聆听"红嫂"的革命传统报告。

当有一天早上张营长集合部队踏上征程时，全村男女老少早已等在村口，军民洒泪告别。一捧捧温热的炒花生，一个个烫手的煮鸡蛋塞进了战士的挎包……这动情的一幕至今仍被桃棵子人所津津乐道，也被独立营指战员牢记了一辈子。以至44年后的2015年，原军分区宣传队队员、临沂籍老兵杨乐民，在身患绝症就要离开这个世界的时候，强忍着病痛为老兵艺术团写了一首《红嫂故乡鱼水情》歌词，这首抒发当年军民鱼水情的作品成为杨乐民同志的绝笔。

军分区电影队放映员李森，拉练过后的第二年又随宣传科领导来了一趟桃棵子，令他难忘的是，大娘为他精心缝补了被树枝刮破的上衣，并荣幸地与大娘照了一张合影照。李森把那张二寸照片像宝贝一样保存在相册里，2015年红嫂祖秀莲纪念馆建成后，这张珍贵的照片被放大展出。2017年2月，李森病重，在他弥留之际，恳切要求将他的骨灰洒在桃棵子挡阳柱山上，他说要陪着郭伍士感恩鱼水情乡，看着战友们把助老区的项目做大。

乡亲们至今已记不清曾经来过多少军人，能记住部队或名字的更是少之又少。因为是军事行动，又处于战备时期，好像也不便多问。但有一队官兵例外。1972 年冬季，这支精干的队伍刚刚来到桃棵子大队部，青年社员张道森就把带队首长认出来了："这不是杨首长么！"

此人正是大名鼎鼎的侦察英雄杨育才。杨育才，现在的年轻人或许对他不太了解，在 20 世纪六七十年代，他的事迹可说无人不知、无人不晓，因为通过山东京剧团创作演出的革命现代京剧《奇袭白虎团》，让全国人民都记住了他，他就是该剧男一号侦察排长严伟才的原型。杨育才是陕西勉县人，1949 年 4 月入伍，1951 年 6 月报名参加中国人民志愿军。奇袭白虎团的战斗发生在 1953 年 7 月 13 日。当时，志愿军为了给垂死挣扎的美李军以致命的打击，组织了一次大规模的夏季反击战役。为了全歼正面的敌人，指挥部决定派个小分队插入敌后，用化装奇袭的办法，打掉敌人的首脑机关，配合大部队歼灭敌人的所谓"王牌部队"——白虎团。7 月 13 日深夜，副排长杨育才带领 12 名侦察员，化装成美李军官兵，越过敌人一道道防线，克服了许多困难，向敌纵深大胆穿插。在离敌团部还有二三里时，意外发生了，公路上满载敌人步兵和弹药的汽车正向北行驶，由于前头受到我军猛烈阻击，后面的汽车不敢前行，都停在公路上，把这条公路堵得死死的。怎么办？要绕过去，时间不允许，只有打，把敌人打乱，趁机冲过去。杨育才决心下定，掏出手枪，轻声下达命令："两个人打一辆汽车，趁着敌人混乱，迅速冲过去！"瞬间，雨点般的子弹落到敌人堆里，一颗颗手榴弹在车厢里爆炸。敌人鬼哭狼嚎地从车上跳下来，有的往车底下钻，有的向水沟里爬，嘴里还喊着："不要发生误会！"没等敌人明白过来，侦察员们趁机冲过了公路，冲向了白虎团团部。杨育才带领战士们先消灭了白虎团的警卫排，紧接着直接冲到白虎团团长办公室门口，此时敌人正在开会，一声巨响，侦察员的手榴弹把门轰开了，震天动地的枪声和爆炸声响彻白虎团团部，经过一场激烈的战斗，敌人死的死，伤的伤，剩下的纷纷缴械投降。就这样，杨育才他们13人，前后只用了13分钟，就把白虎团团部消灭了，那面画着虎头的团旗也被侦察员们缴获了，直到今天，还陈列在中国人民革命军事博物馆里。战斗结束后，中国人民志愿军领导机关给杨育才同志记特等功，并授予"一级英雄"称号。

据张道森说，他于1963年入伍，在陆军原68军某部服役，与杨育才同属一个军，杨育才曾到张道森所在部队做过报告。原济南军区文工团来部队慰问杨育才时，张道森所在连队也一同观看过演出。所以，崇拜英雄的张道森对杨育才印象特别深，以至退伍多年后还能一眼就认出来。

在沂蒙红嫂祖秀莲纪念馆里，陈列着多幅沂水县委、县人武部领导与前来慰问的部队干部的合影，经调查大都是临沂军分区、山东省军区、原济南军区等部队的首长。

仰慕者纷至沓来

祖秀莲于1977年离世，一代巾帼之星陨落。但这并没有使学习红嫂精神，探求红嫂文化，研究军民鱼水情的各界人士止步，前来瞻仰红嫂墓、参观红嫂故居的人仍络绎不绝。综观红嫂祖秀莲去世的40年间，用桃棵子的乡亲们的话说：来桃棵子的人更多了。

就在祖秀莲去世12年后，1989年12月19日，时任中共中央政治局委员、国家教委主任李铁映一行一大早来到了桃棵子。陪同的有国务院副秘书长、原山东省省长李昌安，国家教委主任助理兼计划建设司司长朱育理，以及山东省省长赵志浩，临沂地委书记王渭田，沂水县委书记段明福等地方党政领导人。

李铁映等领导同志在县委书记段明福的引领下，来到离村委会不远的红嫂祖秀莲的墓地。在红嫂墓前，段明福书记向各级领导详细介绍了祖秀莲在抗战年代救助八路军伤员郭伍士，郭伍士转业后千里寻找救命恩人，为义母祖秀莲养老送终的感人故事。在段明福讲解时，李铁映听得很认真，中间不断插话询问某些细节。段明福讲完红嫂的生平事迹后，在李铁映同志的带领下，所有在场人员向墓碑三鞠躬，以示对红嫂的深深敬意。

从红嫂墓地回来，李铁映等领导又来到了祖秀莲的故居参观。祖秀莲的故居在村子中间，李铁映进屋细细看了红嫂的遗物，然后来到院子里，听学生代表张在东介绍祖秀莲奶奶在日常生活中如何关爱、教育革命后代的事迹。

临行前，李铁映在桃棵子小学教室里写下了"到红嫂故乡参观学习"几个大字，并落款"李铁映"。接着，李昌安、赵志浩、朱育理、王渭田等都依次写下了自己的名字。

被红嫂精神所感染，不忘当年军民鱼水情的还有数百名在沂蒙地区服役的老兵。这些老兵就是45年前拉练驻在桃棵子的临沂军分区和独立营的那些解放军官兵。2015年，参加当年拉练的100多名老兵齐集红嫂故里，捐资为红嫂祖秀莲建起了一座庄重典雅的纪念馆，圆了大家继承老八路郭伍士遗志，做红嫂精神传承人的梦想。时至今日，以鹿成增、魏茂泉为代表的老兵们有钱的出钱，有力的出力，还在为红嫂的后人、桃棵子乡亲致富奔小康而忙活着。

就在沂蒙红嫂祖秀莲纪念馆落成前后，前来桃棵子拜谒红嫂的各界人士和学习参观团队更是络绎不绝。有省、市的领导，有组织、党校系统的干部、学员，更有部队的将军、士兵。2015年8月初纪念馆还在布展期间，抗战期间战斗在沂蒙山的朱瑞、黎玉、李竹如三位首长的后代朱淮北、黎莉、李维民等一行十几人来了；8月28日开馆那天，中共山东省委原常委、山东省军区原政委赵承凤将军，中华诗词学会常务副会长、中央电视台原军事部主任李文朝将军，原济南军区联勤部政委张建设将军，山东军区原副司令员冯祥来将军来了。在开馆仪式上，赵承凤将军作了热情洋溢的讲话；李文朝将军致辞后赋诗一首："大爱无垠气若虹，千秋红嫂耀沂蒙。情深似海汤汁里，恩重如山怀抱中。"张建设将军、冯祥来将军与县领导为沂蒙红嫂雕像揭幕。在开馆后不久，山东省人民政府原副省长张瑞凤、临沂市人民政府市长张术平等领导先后来到桃棵子参观、视察，并对如何利用红色资源搞好传统教育，完善提升纪念馆内涵和水平提出了要求。济南军区"善后办"政委高建国中将参观红嫂故里后，写出了报告文学《大山的乳汁》在《光明日报》发表。据不完全统计，自2015年8月纪念馆开馆，至2017年6月本书完稿时，桃棵子村接待全国各地前来参观的干部群众达12万人之多。

自沂蒙红嫂祖秀莲纪念馆建成以来，已有省、市、县有关十多个单位在桃棵子设立了学习、教育基地，成群结队的干部、党员、大中小学生纷至沓来，红嫂精神得到了空前的传播与弘扬。

有朋自远方来，不亦乐乎！随着这个"红嫂故里、鱼水情乡"更多红色旅游项目的建设开发，前来桃棵子的客人定会更多。好客的桃棵子人正张开双臂，欢迎山外各方朋友。

老兵新传

■ 程　鹏①

2015年8月28日，对于沂水县桃棵子村的干部群众和远道赶来的数百名沂蒙老兵们来说，无疑是一个终生难忘的日子。就是这一天，由100多名沂蒙老兵出资捐建的沂蒙红嫂祖秀莲纪念馆竣工开馆了。从此，这个地处大山深处的红色建筑每天向世人讲述着那动人的"鱼水情"故事，引来了成千上万的膜拜者。

谁想，纪念馆的建成开放才仅仅是个开始，两年后的桃棵子，又有了很大变化。代表红色文化的藏兵洞宾馆、红色书屋、战时邮局等相继完工；九套设计别致的小木屋客房已开门迎宾；挡阳柱山的峭壁旁，崖壁火车工程正干得热火朝天；暗红色的中心广场竣工投入使用……桃棵子红色旅游项目一期工程已接近竣工。

这项以弘扬红嫂文化，以红色文化为主元素的大文章是沂蒙老兵的杰作，其带头人就是山东恒源兵器科技有限公司的董事长鹿成增。

开始，这位脱下军装搞了半辈子实业的老鹿本无意涉足旅游这事，他和战友们想在沂蒙山找个村子办个合作社，帮助一方农民致富脱贫。

---

① 作者为沂蒙老兵，黄河出版社原总编室主任。

巧的是，第一站就选在了沂水县的桃棵子村。

为什么选桃棵子村？要拉直这个问号，不能不提及一个人。

他叫王德厚，曾任沂水县委宣传部副部长、文联主席、县报总编，退休后与老伴一起在济南的女儿家看外孙，外孙上幼儿园后，他也就闲了起来。此君本事不小，写得一手好文章，已出版散文集三部；还拉得一手好二胡，在学校、公社宣传队担任过操琴手，在县剧场也多次登台演奏；他还有个很大的爱好——收藏，尤其喜欢收藏20世纪50年代初期的书籍报刊、公社时期的票证和"文革"旧物等。后来，在参加省里某协会的活动时认识了鹿成增。正好老鹿也是个喜欢红色收藏的人，前几年在厂区建了一处毛主席像章纪念馆，展出各种样式的主席像章4万多枚。共同的爱好使二人相见恨晚。当时，老鹿正准备筹办第二届全国兵商大会，身边也缺个著书、写材料的人，于是就邀请王德厚参与，两人也就有了经常交流的机会。

2015年2月11日，农历小年（腊月二十三）。王德厚与鹿成增正商量兵商人物传记创作，老鹿放不下他的合作社"选址"，向王德厚说了一句："王部长，你也帮着找个地方吧！"

王德厚略加思忖："去我们县的桃棵子吧！"

"桃棵子……桃棵子……"鹿成增眯着双眼，嘴里轻轻念叨着。记忆深处，一个小山村正在慢慢向他走来，他仿佛见过这个地方，不！是待过这个地方！那是什么时候？为什么去的？他使劲想着，可怎么也想不起来。于是，他问王德厚："为什么要去桃棵子呢？"

"那儿四面环山，山清水秀，民风淳朴，有你喜欢的红色文化氛围。半年前，我帮村里建起了知青馆，把我的藏品全都放在了那儿。"说到这里，王德厚加重了语气，"更重要的是，那儿有沂蒙人民的骄傲——红嫂祖秀莲！"

"红嫂……祖秀莲！"突然，如电光石火，似醍醐灌顶，鹿成增一个激灵，猛然想了起来，43年前的一幕一下子拉到了眼前——

那是 1971 年冬，临沂军分区响应毛主席的号召，展开了为时两个多月的千里野营大拉练，时任独立营二连排长的鹿成增率领全排，也参加了这次拉练。在鹿成增的记忆中，那次拉练，有时在村里住一宿，有时住三两天，就是正好碰上过春节，也不过在村里住个四五天，而唯独到了沂水县院东头镇的桃棵子村，住了整整 7 天！

为什么？因为村里有红嫂——祖秀莲！

提起红嫂，人们就会想到沂蒙山区。因为，这一称谓，已经成为沂蒙山区拥军支前妇女的特指称呼。她既是战争年代做军鞋、碾军粮、抬担架、救伤员，送丈夫上战场的妇女的集体称谓，也是对为革命做出突出贡献的妇女的个人称呼，而最早让全国人民知道"红嫂"的，当属沂水县桃棵子村的祖秀莲。

1941 年冬，日本鬼子调集 5 万多人，对沂蒙山区进行大"扫荡"。八路军山东纵队侦察员郭伍士在执行侦察任务途中，突与一队日军遭遇，被敌击中数弹倒地，后日军又上前用刺刀乱刺其腹部，认定郭已死后离去。郭伍士苏醒后，艰难地爬到村子，被祖秀莲发现，立即扶回家中抢救。她先用温水擦净郭全身血迹，又对其身上多处伤口予以清洗和包扎。为防日伪军搜捕，将郭伍士转移到山洞里，每天送水送饭，并采集中草药，天天为郭擦洗伤口。为了使郭早日痊愈，祖秀莲自己一家吃糠咽菜，用纺线卖的钱买回米、面做给郭吃，并把家中唯一的老母鸡杀了熬汤为郭伍士加营养。经过 29 天的精心救治，郭伍士的伤口好转，后转部队医院治疗，痊愈后重返前线。

1961 年，著名作家、山东省作协主席、《铁道游击队》的作者刘知侠来到沂水，并且把组织关系等都转了来，一住就是两年。这期间，刘知侠采访了祖秀莲等人，以她们为原型，写下了《沂蒙山的故事》和《红嫂》两本书；接着，山东省京剧团又来桃棵子村体验生活，排出了由著名京剧表演艺术家张春秋主演红嫂的京剧《红云岗》（原名《红嫂》）；时隔不久，中国舞剧团也来了76人在村里体验生活，排演了舞剧《沂蒙颂》。毛主席、周总理等党和国家领导人都观看过《红嫂》，毛主席看后非常激动，说，要拍成电影，教育更多的人做共和国的新红嫂！全国人民从此认识了红嫂，知道了"红嫂救伤员"这一感天动地的故事。

所以说，那次拉练住桃棵子村，就是奔着红嫂祖秀莲去的。在沂蒙山区当兵这么多年，"红嫂"的名字耳熟能详，可就是没见过真人，没听过她讲讲战争年代发生的事儿，没当面受受沂蒙人民爱党爱军的传统教育。于是，分区与独立营首长将拉练路线定在了桃棵子村，并在那儿多住了些日子。

鹿成增和参加过拉练的战友们清楚地记得，那天一进桃棵子，就感受到了与别处不一样的氛围，老乡们像当年欢迎八路军一样迎接他们，他们杀了猪悄悄送到炊事班，炒花生、煮鸡蛋大捧大捧地往战士挎包里塞，争着拉着战士到自己家里住……驻扎桃棵子的7天里，他们听了红嫂讲的"冒死救伤员"的感人故事；村干部给官兵讲了群众战天斗地、整修梯田的事迹；战士们人人争先做好事，帮乡亲们挑水、喂猪、扫院子、垒梯田，卫生科的女兵为老乡查体看病，宣传队在红嫂家里演出了专场……在桃棵子，让鹿成增等老兵记忆最深的还有这样一件事：红嫂祖秀莲有好多个重孙子，其中最小的一个还在襁褓中，长得虎头虎脑，煞是可爱。独立营营长张百臣有三个女儿，平时就盼着有个儿子，一见到这个孩子，就打心眼里喜欢上了。也不知是开玩笑还是当真，张营长与孩子的爹妈达成"协议"：部队开拔时抱走这个孩子，当个"过继"儿子。可不知什么原因，走时没有带。

……

鹿成增摇了摇头，收回了信马由缰的思绪，从43年前回到了现实，继而迫不及待地对王德厚说："春节前你就带我们去！"

腊月二十六，年味已经很浓了，家家户户都在忙着，远处近处不时传来鞭炮声。顶着凛冽的寒风，鹿成增、辛建平、王乐音、王德厚四人从泰安出发，魏茂泉、杨金陵、李森三人从临沂出发，直奔八百里沂蒙深处的桃棵子。

山村来客人了，镇政协主任张希波、村党支部书记张在召在村口相迎，正在参加县人代会的县委原常委、县人武部原政委田兆广，院东头镇镇长刘兆峰也赶来迎接。

张在召激动地说："真高兴你们来，我没当过兵，可最敬重当过兵的人了，听父母说，我几个月大时，就差点让拉练部队的一个营长抱走哩！"

老兵们一个个都愣住了，世界上还有这么巧的事？"是你？我们就是当年那支拉练部队的兵啊，我们都记得要抱你走的这件事呢！"几双大手再次握在了一起："真想不到40多年后，我们会在这儿以这种方式见面！"

有了这层关系，彼此间的距离一下子拉近了，情感氛围随之发生了很大变化。张在召不再一口一个"鹿总""魏总"地叫了，而是亲切地叫起了"鹿叔""魏叔"，并且从此后称这几百名老兵一律是"叔"啊"姨"啊的，老兵们想想自己当兵时他才是个婴儿，也就心安理得地答应着。当然，老兵们也不再称他"张书记"，而是直接"在召"长、"在召"短地叫开了。

在融洽的气氛中，鹿成增向张在召说明了来意。

在召没有马上回答，他起身捅了捅炉子，又给叔叔们倒了一圈水，坐下时，大家看到了他脸上的为难之色，听到了他的为难之言："这事儿……有点难……"

"为什么？"老兵们脸上露出疑惑之色。

"我们桃棵子一共有200来户，600多口人，由16个自然村组成，大的十几户，小的只有一户。为什么住得这么分散？因为地少啊，人均不到7分地，谁舍得在好地上盖房啊，所以大都建在了山梁、沟壑及乱石堆上。"

听到这儿，有的老兵露出了"沮丧"之色，看来办合作社是选错地方了，而鹿成增的脸上依然阳光一片。他是个唯物主义者，但有时也有点小"唯心"，他总觉得，选址第一站就选在了红嫂故里，来后见的第一人又是当年差点抱走的婴儿，这是多大的缘分啊！这是不是天意？是不是上天专门为沂蒙老兵安排的？冥冥中他感到，沂蒙老兵一定会在这儿发生点什么，桃棵子也一定会像40多年前一样向老兵们馈赠些什么……他仿佛听到一个声音在呼唤："就这儿，就这儿……留下吧，留下吧……"他喝了一口水，站了起来，招呼张在召："走，带我们村里转转。"

张在召带着鹿成增、魏茂泉等老兵在村里走着、转着。村子就是沂蒙山区普普通通的山村，与其他村子别无二致，房子也是石墙瓦顶，也是沟壑纵横，也闻鸡鸣狗吠，几个早已废弃的石碾石磨散落在街头巷尾。唯一与周围村庄不太相同的是，桃棵子的路比较好，一条县级公路贴着村子西侧蜿蜒而过，主要街道都铺了不太宽却非常平坦的水泥路，在上坡下坡处，也都垒上了青石台阶，使人走在上面，没有吃力费劲之感。

老鹿他们边走边问，边走边想，看了村里的简易红嫂纪念馆。说是"馆"，其实就是原来做村办公室的一排五间平房，充其量算个纪念室吧。向西经过一个狭小的广场，又来到了相隔不足百米的红嫂故居，一间多年未修葺的百年老屋。最后，来到张在召屋后那处极具时代特色的院落，参观了充满公社文化的知青老屋。

太阳转到挡阳柱西南方的时候，老兵一行踏上了返程。

鹿成增依窗而坐，两眼盯着窗外一闪而过的景致，思绪如同车轮子飞转着。此时的他，还是在想着桃棵子，想着红嫂。所不同的是，他的感觉中有一种异样的东西，他总觉得，这次桃棵子没有白来，短短半天时间，在桃棵子听到、看到的一切，印证了沂蒙老兵与这里有缘。你看红嫂故里，拉练驻于此、差点儿被抱走的襁褓男婴也在此……一切的一切，似乎在告诉他：沂蒙老兵应该留下来，应该在这儿干出点什么来……

"干点什么呢？"鹿成增在心里反复问着自己。

既然展馆简陋、故居破败、坟茔枯荒、广场狭小，那就从改善这种状况入手：重建展馆，修葺故居，再建红嫂墓，扩展小广场！

他在心里默默说着："要建就建高质量、高标准的，要成为在全国、起码全省独一无二的！"要干，就得花钱，需要花多少呢？他微眯着眼，念念叨叨地盘算着，怎么也不少于200万！

他心里很清楚，这是一笔只讲社会效益、不讲经济效益的投资，也就是说，投上这笔钱，是没有什么回报的。不！也有回报，回报的是人民对红嫂的敬仰，是沂蒙老兵对红嫂和沂蒙人民的感恩，是军爱民、民拥军的一片鱼水深情！

想到这里，鹿成增在心里暗自拍了板：就这么干，所有投资恒源来出！公司这些年发展快，效益好，就该拿出点钱做做公益事业，更何况这是为沂蒙红嫂呢！他为自己的这个想法而兴奋，可转而一想，又感到似乎缺少些什么。缺什么呢？噢，缺了沂蒙战友的参与！从临沂军分区系统当兵的每一个人，都对沂蒙山区这块红色热土有着深深的感情，都对红嫂有着无比的景仰和崇敬，当年拉练也都驻过桃棵子，让他们参与进来，由红嫂故里把战友们拢起来，是件多好的事啊，这比光由恒源公司单打独斗，意义不知要大出多少倍！

怎么让战友参与？

发动战友捐款！不管捐多少，大头都由恒源公司出，用这种方法把沂蒙老兵聚拢起来，让战友们在年过六旬的今天，再次体味到参与的满足、奉献的乐趣、感恩的幸福……

捐建红嫂纪念馆的倡议得到了济南、临沂、青岛、泰安、济宁、枣庄、日照、滕州等一百多名老兵的响应，并很快凑齐了建馆资金。

4月15日，纪念馆工程挖下了第一铲土，也就在开工的同时，鹿成增提出了竣工开馆时间——2015年8月28日。

为什么定这个时间？

2015 年 9 月 3 日，是中国人民反法西斯暨抗日战争胜利 70 周年纪念日，国家要进行多种形式的纪念活动，这一天，北京还要举行隆重的阅兵式。纪念馆开馆定在国家纪念日之前的 8 月 28 日，对于为抗日战争做出重大贡献的沂蒙人民和红嫂来说，更是有着特殊的意义。

"时间有点紧吧？"县里分管旅游的戚副县长和镇党委书记朱丽霞几乎同时说出了这个担心。

是的，岂止是"有点紧"，而是"太紧张"了！满打满算，离开馆只有四个多月的时间。但是在鹿成增眼里，这些似乎都不算什么。他信心满满地回了戚副县长一句："没问题，我们有'老兵速度'。"

"老兵速度"其实就是"恒源速度"。当年建公司办公大楼、科研大楼，5000 多平方米啊，不就用了五个月时间？车间推倒重建，又是 5000 多平方米，仅半年工夫就完工了。现在建个几百平方米的纪念馆，四个来月，够了。

纪念馆主体工程按照设计图纸来，请最好的建筑队伍，加班加点，挑灯夜战，就能提高速度，可布展呢？那可是个文化活儿，细发活儿啊！

这些，老鹿也不愁。战友中有的是能人，战友中蕴藏着无穷的智慧，问战友，怎么干？

于是，由沂蒙战友联谊会秘书长魏茂泉主持的"诸葛亮会"召开了，十几个人整整开了一上午，发言那个踊跃，讨论那个热烈，比当兵时开班务会可热闹多了。这个说，展馆一定要高端大气上档次，水平不能低于省一级；那个说，照片要再放大，要多展出一些与红嫂有关的实物；这个说，展馆前的广场上要矗立起红嫂的巨型雕塑，故居也要有雕塑；那个说，蜡像比较逼真，要在纪念馆和知青馆制作一些反映红嫂事迹和知青生活的蜡像；这个说，要有一幅红嫂救伤员的画作，最好是油画；那个说，广场要建得具有沂蒙山区特色……张建国的发言更是激昂热烈："拍摄一部微电影，内容就是红嫂冒死救护郭伍士、郭伍士涌泉相报赡养红嫂。要在展馆辟出一块场地，让参观者一进展馆先看这部短片，使之受到视觉冲击，从而产生心灵震撼……"

建议提了几十条，条条都有可取之处，件件也都落实到人——

李森，你负责雕塑的联系和制作。

辛建平、王乐音，你俩负责所有蜡像。

王幼平，雕塑的艺术把关和油画的事儿就交给你啦！

张建国，微电影的建议是你提的，摄制也非你莫属。

王德厚，知青馆是你首先搞起来的，这次充实提高，以你为主。

马建政，纪念馆布展和广场舞台的设计任务就交给你啦，王德厚当你副手。

……

几乎与纪念馆土建开工的同时，老兵建设者们也开始了自己的行动——

马建政、王德厚等来到省展览馆和山东省军区军史馆观摩，并在网上搜寻大量的展馆布展资料以学习借鉴。

李森与莒南县的战友杜宣台联系后，和鹿成增、魏茂泉等几名战友一起，来到该县的"雕刻之乡"址坊镇考察，后又找到了临沂一位也曾当过兵的雕塑大师左耀国。为了雕塑之事，四个月时间里，鹿成增等人跑莒南和临沂不下六七趟！

辛建平、王乐音马不停蹄地赶赴上海一家蜡像公司，商谈蜡像制作事宜，并把公司的总经理请到了桃棵子实地考察，亲身体验。

张建国夜以继日地创作微电影剧本《母子情缘》，本子出炉后，又"招兵买马"，请摄像、录音、剪辑人员，寻找群众演员，找借演出道具，他呢，当然是"导演"了。之后，带着一干人马，直奔桃棵子，在炎热的天气里，开始了紧张的拍摄。

王幼平一接手任务，便全身心地投入到了"把关"和"创作"之中。这位 1979 年从平邑县入伍的兵，因其绘画才能，从入伍到复员，一直在分区电影队当放映员。在沂蒙战友群中，他算得上最年轻的一个"老兵"了。前期，王幼平协助李森，对红嫂的雕塑进行了严格把关，提出了十余处修改意见。雕塑定下并进厂制作后，他又开始了油画的设计。经过十多次修订，待油画小样和尺寸定下时，已是 7 月 10 日了。7 月到 8 月，正是临沂最热的季节，画室里没安空调，闷热得像蒸笼，如同蒸桑拿一般。可这些他却全然不顾，热极了就对着电风扇可劲地吹，要不就端盆凉水劈头浇下，擦干了后接着再画。终于，这幅浸透着他心血和汗水的大型油画，在开馆的前两天挂在了纪念馆正冲大门的墙壁上，成为该馆的"镇馆"之作。

布展"主帅"马建政更是忙得脚跟砸脑勺。那些日子经常听他说，整宿整宿睡不好觉，满脑子都是"布展、布展"，总感肩上的压力千钧重。战友联谊会一开始就定了"调子"：除了土木工程外，一切都不请外人，全由老兵干！不是怕多花那几个钱，而是更有意义！他心里清楚，之所以把"布展"的任务交给他，是源自战友们对当年他这个连队"美术大师"的记忆，是看了不久前出版的全由他装帧的《梦萦沂蒙》战友纪念册上的精美设计。战友们的眼光准得很，选择他绝不是"矬子里拔将军"，而是"高人中挑高人"。他上中学时就写得一手好美术字，因有美术基础和文艺特长，被临沂军分区选去当了兵。当战士时，连队的黑板报基本由他包了，提干后，又成了分区宣传科的文化干事。调原济南军区卫生学校后，当上了宣传科长，还是对美工和文艺情有独钟，文化工作搞得红红火火。

参与"建馆"的所有人中，马建政可以说是最忙的，他不仅靠在纪念馆上，广场、故居的建设和修复他也都得管。白天一霎不闲，晚上还要挑灯夜战辅导村里的"红嫂演唱队"排练节目。四个来月的时间里，他往桃棵子跑了十来趟，加起来住了 50 多天。

白天在广场上指挥着民工建舞台，毒辣辣的太阳当头照着，胳膊都晒暴了皮。他肠胃不好，热、累、急相加，就更吃不下饭了，人啊，就瘦了一圈。一次从桃棵子回济南，半路上他突然感到胃里翻江倒海，难受极了，好不容易挨到济南，离家只有几条街了，他却实在撑不下去了，推开车门一头扎在路边呕吐了起来。后来拨打"120"把他接走了。

与马建政一起建馆的王德厚也忙活得不轻，除大部分事儿与建政商量着办外，诸如找资料、写解说词，到农户家、去县里寻求一些可供展馆所用的实物，他也全都揽了下来。他生在沂水，长在沂水，对县里的情况特别熟悉，所以碰到什么难事，都是他出面解决。"如果没有王部长，那还不把我累死！"马建政如是说。

十几名老兵在为桃棵子的"建馆"辛勤工作着，另有几十名老兵在为纪念馆的"落成"日夜忙碌着。

沂蒙战友联谊会定下 8 月 28 日在桃棵子举行"纪念抗日战争胜利 70 周年暨红嫂纪念馆揭幕仪式"后，许多人提出了这样一个问题："这么大的活动，只是开个会，太单调，没意思！"

怎样才能不单调、有意思呢？战友们几乎同时想到了一种方法：文艺演出，演它一场大戏！

也难怪战友们同时想到"文艺演出"这种方式，因为，沂蒙战友中有着一大批文艺人才！因为，半年前的泰安战友大聚会中的演出实践，证明了这些文艺人才完全可以搞出一台不同凡响的大戏来！鹿成增非常赞成这个意见，还特别强调："乐器该买的买，服装该租的租，我们恒源提供经费支持！"

"8·28"演出的事儿就这么定了下来，但这个演出团体总得有个名称吧？再叫什么"宣传队"不太合适，叫"演出队"？有点儿小，不够气派，那叫什么？就叫"艺术团"！于是，一个由王延胜担任团长，王延水担任导演的"沂蒙老兵艺术团"诞生了。

"团长"的官帽从天而降落到头上，王延胜似乎并不吃惊，他只是客气地推让了几句，便在众战友的叫好和掌声中承接了下来。

这位退休前任山东武警总队政治部副主任，大校军衔的老兵，曾是临沂军分区宣传队乐队的多面手，退休后又拾起了老本行，他乐器拿得起好几样，特别是京胡拉得炉火纯青，是标准的内行，能服人。

导演王延水。1971年的兵，当初是作为演员特招进的军营。他形象好，尤其是嗓子好，既带磁性，又高亢嘹亮，人送外号"2.5瓦大喇叭"。在临沂军分区宣传队只待了一年多，就被选调到山东省军区宣传队，后又被原济南军区前卫话剧团看中，几年后就成了团里的台柱子。几十年来，他参演了几十部大型话剧和多部电视剧，尤其是在8集电视剧《济南战役》中，扮演了一代名将许世友，获得了巨大成功，成为荧屏耀眼一时的"范儿"。他担任导演兼主持报幕，那是再合适不过了。

老兵艺术团近30人中，在声乐、器乐、舞蹈、语言等方面各有其绝活，如金兆铎的京剧清唱，陈国泉的大提琴、配器和指挥，马建政的小号、手风琴和作曲，唐修礼的山东快书，杨金陵的圆号、扬琴，邓宝泉的小品，张洪玉的京胡，秦建华的二胡、笙、管，胡俊生的二胡、圆号，张宗华的小提琴，王亚非的月琴，王洪启的长笛，王士梓的竹笛、唢呐，张庆真的唢呐、黑管，王幼平的萨克斯……

更有那群女兵演员们：陈宝霞的女高音独唱，韩世平的民族舞蹈，能歌善舞的王平、董立钧、尹玲、师京华、徐培、李丽华，曾扮演李铁梅的徐新文，出演李奶奶的刘冬梅，演过小常宝的关玉香……

程鹏负责创作，他是黄河出版社原主编，对这项工作驾轻就熟。

在沂蒙老兵和桃棵子乡亲的翘首期盼中，"8·28"，携着夏日的盛情，带着抗战的吼声，怀着对红嫂的敬仰，终于来了！

那天，偌大的"拥军广场"沉浸在欢乐之中。广场四周插满了彩旗，舞台的天幕，是一幅写有"纪念抗日战争胜利70周年暨红嫂祖秀莲纪念馆开馆仪式——放歌沂蒙"的巨型喷绘，红嫂雕塑用一块硕大的红绸缎覆盖着，等待着人们来揭幕。整个桃棵子的老老少少全都来了，加上周边村庄的老乡和各路来宾，足有三千人之多！几百名沂蒙老兵统一身着印有"沂蒙老兵"的草绿色T恤衫，一个个显得那样精神，那般激动。看吧，一双双大手握在了一起，一对对战友拥抱在了一起，时光仿佛凝固了，他们如同回到了昨天，回到了军营！

上午9时，大会开始。沂水县人民政府副县长戚树启主持会议，中共山东省委原常委、山东省军区原政委、山东国际孙子兵法研究中心主任赵承凤将军，发表了热情洋溢的讲话；接着，中共沂水县委常委、宣传部长徐本开和老兵代表鹿成增分别讲了话。当原济南军区联勤部政委、十八大代表张建设将军为红嫂雕塑揭开红缎时，全场沸腾了，数百名沂蒙老兵全体起立，向着红嫂雕像，致以崇高的军礼！

演出开始了。

这是一台高质量高水准的演出，无论是布景还是道具、服装，都达到了专业水平，就连音响，也是专门从济南以一天一万元的价格租来的最好设备。乐队演奏和演员表演，更可与专业文艺团体相媲美——

一开场的40多人的大合唱，一下子就抓住了所有人的心。只见男女老兵们统一着装，整齐划一，精神抖擞，气势如虹，齐唱似排山倒海，轮唱如天边滚雷，惊得在场的一些专业人士直呼："不是放的录音吧？"

"蒙山高，沂水长……我为亲人熬鸡汤，续一把蒙山柴炉火更旺，添一瓢沂河水情深意长……""金嗓子"陈宝霞出场了，她的优美歌声加上桃棵子十位大嫂的伴舞，让在场的每个人醉了心田。

当年的"舞蹈仙子"韩世平登台了。她带来的是独舞《春知沂蒙》。

身着大校军装的程鹏上场了。这次他担任恒源预备役排合唱队的指挥，随着他的一声口令，昂扬的《打靶归来》歌声直上云霄。

唐修礼带来了 40 年前的"拥军爱民"段子《赔茶壶》，笑翻了在场无数人；女兵群舞《军歌嘹亮》让乡亲们拍红了巴掌；金兆铎、付瑞荣、李长胜等人的京剧清唱，让老兵们陶醉在国粹之中；秦建华的二胡独奏犹如天籁；十几人的器乐合奏撩拨心房……

不仅仅有欢乐和笑声，还有着感动和泪水。女子表演唱《红嫂故里鱼水情》一演完，主持人刘冬梅、王延水就告诉大家："这个表演唱，是 14 天前病故的战友杨乐民作的词，我们以成功的演出，告慰杨乐民的在天之灵……"这时看台下，特地邀请来参加大会的杨乐民的爱人林清云已是泪流满面，再看战友，许多人眼里也闪着泪花。

最打动人心的莫过于邓宝泉创作并由他和王延水、陈玉彬演出的话剧小品《沂蒙情深》。这部只有十几分钟的小短剧，围绕"红嫂大义救伤员、伍士报恩谢娘亲"的剧情而展开。他们的真情表演，把所有人带进了硝烟弥漫的战争年代，带回了军民鱼水交融的沂蒙山区……

在这些上台演出的老同志中，唯一一个不是老兵的是王德厚，他在乐队拉二胡，他说与老兵们同台演出感到少有的愉快。同时，他还邀请了沂水县文化和广电部门的三位演员与老兵们同台演出，一曲《看见你们格外亲》和诗朗诵《老兵的情怀》，把老兵们感动得热泪盈眶。

这是一台高质量、高水准的演出。的确如此，因为事后不久，这台演出就完整地上了"优酷网""土豆网"，为其点赞者不下几万人。几个月后，话剧小品《沂蒙情深》获临沂"沂蒙文艺奖"金奖，紧接着，又获山东省"泰山文艺奖"。

老鹿这人啊，有个最大特点，就是爱想问题，而且爱把"问题"想在前面。这不，纪念馆一开工，他就想到了"开馆"以后的事情。

他在想，建这个馆，是为了表达战士对红嫂的崇敬，为了报答沂蒙人民对中国革命的奉献，要讲社会效益，肯定差不了，一定会在沂蒙山区乃至全省甚至全国产生影响，但经济效益呢？它能给桃棵子的乡亲带来什么？这个村，除了种生姜和芋头外，几乎没有任何其他收入，也有几家开了"农家乐"，但因村子无旅游特点，前来旅游的人很少，即使来了，也很少有留下吃饭住宿的，村里盖了9幢带小院的"接待室"，套间，里面厨房、洗澡间、冰箱、大彩电等设施一应俱全，可建好快一年了竟无一人住过。现在纪念馆建起来了，可以想见，今后来参观瞻仰的人肯定会多起来，但是如果不与旅游结合起来，肯定还会落入只有社会效益而无经济效益的窠臼。如今，党中央提出"精准扶贫"，我们老兵何不以建"红馆"为契机，帮助桃棵子的乡亲上个项目，使之尽快脱贫致富呢？

上什么项目呢？他自问自答："红色旅游！"战争年代，沂蒙人民最后一块布，也要做军装；最后一担米，也要做军粮；宁可断了后，也要送儿上战场。人民是水，军队是鱼，鱼水之情，天下最深！冒死救伤员的红嫂祖秀莲，就是"水"的杰出代表，而"鱼儿"郭伍士知恩图报，为红嫂养老送终，其情其意，感天动地，日月可鉴！对，"红嫂故里、鱼水情乡"！这个名字，真是再贴切不过了，特别是"鱼水情乡"的定性，真切地反映了沂蒙人民对子弟兵的热爱，体现了革命老区拥军爱民的优良传统。我们就做"鱼水情乡"！

旅游离不开玩，让人家来不是光接受教育的，休闲娱乐项目是不可少的。能在这儿开辟一个什么样的绝不雷同的玩的项目呢？他眉头紧皱，苦苦思索着……已是傍晚了，太阳即将落山，西南方的挡阳柱崮顶，在晚霞的映照下仿佛镶上了金边，更显得雄伟多姿和绚丽璀璨！"真美啊！"他不由地感叹了一句。一声感叹还未抒尽，他的目光便在陡峭的崮上停下了，久久没再挪开。"崮，崮，崮……能在这崮上干点什么呢……"他的脑海里突然石破天惊般蹦出两个字——"火车"！

对！崮下开动观光火车，名字就叫"峭壁火车行"！说起来，旅游景点坐"火车"并不稀罕，有在花海、密林中穿行的观光火车，也有在公园、游乐场短距离缓行的玩乐火车，可谁见过高山之巅跑火车？别说是在全省，就是在全国甚至全世界，恐怕都是独一无二的！想想吧，峭壁上的火车一开，那是一种怎样的震撼？一侧是几十丈高的悬崖，另一侧是高高的树林、葱绿的植被，沿途向几百米之下望去，是那层层梯田、蜿蜒山路，星星点点的小潭小汪，石墙红瓦的美丽山庄。尤其是桃棵子，16个自然村，就像天女不经意间洒落的16朵花瓣，镶嵌在山岭沟壑中，那真是要多美有多美！

立下了"峭壁火车行"，老兵们也"脑洞大开"，围绕这一项目的建议纷至沓来。关于运作方式，鹿成增和魏茂泉这两个沂蒙老兵的领头人，都当了20多年的公司董事长，对公司运作和融资有着丰富的经验。两人一商量，"指挥部"一研究，很快成立了"山东红嫂故里旅游文化产业有限公司"。这就意味着，今后战友们的投资，将进入公司化运作，也就是说，愿意进入公司的每一名战友，就是一名股东。他们相信战友的凝聚力，相信战友们愿意投身到这个宏伟的旅游事业中来。果然，在微信群里将"百名老兵百股东"的消息一发布，战友们全都竖起了大拇指，直赞又有了一个为沂蒙人民再做奉献的"平台"，纷纷表示积极入股，慷慨解囊。地方政府和有关部门也为老兵义举所感动，给予了大力支持，在注册公司时，山东省工商局的领导感动地说，这是他们见到的唯一的复转军人助老区、精准扶贫而成立的公司，没二话，批了！

至此，桃棵子旅游一切该解决的大问题都解决了，该开工了！

2016年8月13日，标志着桃棵子旅游建设正式拉开帷幕的第一个大工程——藏兵洞宾馆奠基！

之所以先建宾馆，是因为应验了老兵们建红嫂纪念馆前的判断，当时他们就想，"红馆"建好后，一定会产生很好的社会效益，必将成为许多单位或系统的教育基地。果然如此。一年来，有组织地前来参观、瞻仰的各级党政机关人员、大中小学学生、党团员等络绎不绝，有时一天就达上千人，中央电视台《军旅人生》栏目 22 分钟的专题节目《一生难忘红嫂情》曾说，"两年来，前来参观瞻仰的人们达到 12 万人"。几乎所有参观者在观看了微电影《母子情缘》后，都被感动得流下了热泪。临沂市市长张术平走出纪念馆，感慨地连说了五个"好"："这真是一个好纪念馆，一位好红嫂，一个好战士，一群好老兵，一个好故事。"嘱咐县、镇领导要好好支持老兵的工作，并建议将此地作为党性和革命传统教育的基地。很快，市里、县里的党校和许多单位将桃棵子作为了教育基地和"第二课堂"，有的还挂上了"某某教育基地""某某培训中心"的牌子；还有很多单位要来"办班"，皆因解决不了住宿问题而作罢。再就是，以后旅游搞起来了，游客一天玩不够，想住下，或者说来个旅行团，住哪儿？所以，建宾馆便成了首要问题。

宾馆建在哪儿？一开始的选址问题，可真难坏了一帮子老兵。建在村里，突兀立起几层楼，与石墙红瓦的民宅极不协调，破坏了山村的古朴美，再说村里也很难找到这么大块建宾馆的地儿；建在田里，不行，这儿的地，寸土寸金；建在山上，也不行，破坏了山体、树木，过不了几天，环保、林业部门就会找上门来的。

那天，"指挥部"的一群老兵又为选址的事在村里转开了，转着转着，鹿成增停住了脚步，指着西山的一个白花花的大坑说："你们瞧，那儿真难看啊！"

在桃棵子只要抬头看西山，就能看到这个"白大坑"，但平时似乎视而不见，今天听鹿成增一说，才发现它确实难看，在一片葱郁树木和植被中，它就像一个"疤喇头"，显得格外刺眼。其实老鹿让大家看的时候，心里已经想到了：宾馆就建在那儿！战友们了解老鹿的心，几乎同时明白了：宾馆在此！

大伙一鼓作气爬上了半山腰的"大白坑"。从山下看，不大，靠近一看，嗬，好大啊，建个宾馆足够了。张在召告诉他们，20世纪50年代初，这儿发现了石英石，某集体企业就在此开了矿，几年后，石英石开采完了，就留下了这么个大坑。

幸亏当年没回填，如今省了多大的事啊，真是天赐沂蒙老兵！在坑边，现场办公，当即拍板：就在此建一个容纳百人左右的宾馆，设施标准要达到"三星级"以上，因这儿离"藏兵洞"不远，起名就叫"藏兵洞宾馆"。既然叫此名，就得有其形，这个"形"，就是全国可能是唯一起码说是罕见的"外观"，它要具备"藏"和"洞"的特点，"藏"，就是隐秘；"洞"，就是洞穴。宾馆出入的大门都要做成山洞的样式，洞口要树木成荫，藤萝满架，植被葱茏。楼顶要用土覆盖，种花种草，与大山连成一体。从山下看，再也不见"白大坑"，就是一座葱郁美丽的山。

几乎与"藏兵洞宾馆"开工的同时，"峭壁火车"的建设也提上了日程。8月底的一天，马建政、王乐音等五名老兵，爬上了人迹罕至的挡阳柱，开始了铁路距离的初步测量工作。崮下乱石交错，身旁荆棘遍地，什么测量仪器都用不上，只能用长长的皮卷尺一点点地丈量。每个人身上都划了一道道口子，辛建平一脚踩空，竟翻了好几个滚，幸亏被一棵小树挡住了。骄阳似火，暑热难耐。渴了，喝两口矿泉水；饿了，啃几口冷干粮，终于测出了2400多米长的铁轨精确数字。紧接着，济南铁路局设计院的几名工程师也来到了崮下，开始了铁路的设计。这可是参与中国"高铁"和青藏铁路设计的团队啊！为了峭壁火车的绝对安全，老兵们宁肯多花钱，也要请高人和正规单位来设计、来施工。

刚进入9月，两台大型挖掘机便轰轰隆隆开上了挡阳柱，开始了铁路路基的施工，桃棵子的群山沸腾了！

宾馆和铁路的开工，标志着桃棵子的旅游项目全部定下了"盘子"。这些项目全部实现后，桃棵子将会变得美丽多彩，奇特无比！正如马建政在诗里所写的那样，桃棵子将是"一幅鬼斧神工的美丽图画，一幅沂蒙风情的红色图画，一幅军民鱼水的和谐图画，一幅再造辉煌的壮丽图画。"

前后大半年，这么多项目，已建的、在建的、待建的，一期的、二期的，还有长远三期的，听上去繁杂，说起来难记，笔者也想用一首诗，把鹿成增六易其稿定下的《桃棵子旅游可行性报告》中的项目，最后给大伙儿梳理、述说一下。

老兵捐资建红馆，
拥军广场敞且宽。
疗伤救命藏兵洞，
母子塑像立巍然。
再现军民鱼水情，
毗邻广场建新馆。
馆内音响胜天籁，
奇特效果声光电。

红嫂故居重修缮，
驻足怎不忆当年？
红色书屋传精神，
壮歌唱响沂蒙山。
知青大院留记忆，
战时邮局老驿站。
人民支前雕塑群，
小车担架过江南！

六衢大道十里远，

货车从此绕村前。
近观梯田层层绿，
错落有致叠山间。
远看山乡成一景，
村落如花十六瓣。①
凤凰台上听传说，②
挡阳柱上看惊险！

清澈小湖星罗布，
如练乡径尽蜿蜒。
四五十户农家乐，
七八十道特色饭。
依山开辟农贸街，
游客忘蜀步流连。
更有各色土特产，
鲜姜红果大雁蛋。

木屋成排涧边建，
小溪穿房水潺潺。
崮下峭壁火车行，
兵洞宾馆起半山。
八丈瀑布泄悬崖，
七彩之水走云端。③
峭岩巍峨高千仞，
石板岩缝冒清泉。

---

① 桃棵子由 16 个自然村组成。
② 凤凰台为桃棵子一山名。
③ 七彩之水由低处流向高处。

铁道两旁竖敌像，
激光射击毙凶顽。
水浒好汉沂水将，
李逵朱贵立寨边。
美哉诗山连词海，
相伴红色故事苑。
红嫂事迹扬千古，
伍士精神动地天！

山纵好后勤的后院

■ 刘海洲

　　这个题目乍看有些难懂，有必要先解释一下："山纵"是指抗战初期我党在沂水县王庄成立的抗日武装八路军山东纵队；"好后勤"和"后院"都不用解释。这里"山纵好后勤"不是指一个人，而是指的一个村庄——院东头镇的西墙峪村。西墙峪村在抗战期间是沂蒙根据地著名的抗日堡垒村，山纵领导机关、山纵野战医院都曾在此驻扎过，并得到了西墙峪党员群众在人力物力上的大力支持，山纵领导曾深情地对当时的庄长张在周说："西墙峪真是山纵的好后勤啊！"于是"山纵好后勤"就成了西墙峪的别称。"后院"也是指的一个村庄，它就是西墙峪北边大约三里远的桃棵子村。西墙峪之所以成为著名的抗日堡垒村，除了周边的自然环境、民众爱党爱军外，也与"后院"永远不会"起火"有很大的关系。

　　峙密河有南北两个源头，而在南源支流的上游，又被挡阳柱这座山"劈"为西北和西南两个山沟，在伸向西南的山峪里，有一个由十几个三五家居民点构成的行政村，这就是沂蒙山区著名的抗日堡垒村西墙峪；而伸向西北的这条山峪里的村庄，就是桃棵子。在挡阳柱东侧两条山峪之水交汇处的这个村庄叫南墙峪。这三个村庄形成一个等边三角形，相隔二三里路，并且都是以张姓建村，张姓人口占绝大多数。这三个村庄的张姓人家同属于一个家族，并按照固定的 25 字排列辈分，三个村的张姓人不论认识不认识，只要从名字上，就能辨别彼此辈分的大小。

据南墙峪村《张氏家谱》记载，南墙峪的张氏是明初从山西移民而来，辗转多地后，于清朝顺治年间迁居到南墙峪的。在清乾隆年间，张氏九世张进宝自南墙峪分居到西墙峪建村；清光绪年间张氏十二世张文德又从南墙峪分居到桃棵子建村，所以三个村的张氏是同宗同源的宗族关系。近邻和血脉上的亲情关系，使这三个村具有了荣辱与共、祸福共担、命运相依的特殊联系。这也是西墙峪能成为抗日堡垒村，而北边二三里的桃棵子必然成为安全"后院"的重要原因。

1939 年，八路军山纵野战医院搬到了西墙峪。当时，西墙峪只有 50 户人家，约 200 口人，这 50 户人家分散在各个适于建房子的地方。所谓野战医院，除了几个医护人员，根本没有病房，病房就安排在各家各户里，少则一二名，多则三四名，根据村民人口多少和居住条件安排。张道谦和张道增当时是本村地下党组织的重要成员，他们两家曾掩护和救助过三四十名伤病员。村民在山上地堰边挖了很多山洞，洞口上面用木棍和高粱秸盖好，上面再盖上厚厚的土，出口留在地堰上，石头是活动的，人住进去后再把石头堵好，送饭送水时抽出一块石头就可以把饭水递进去，这样的洞子最安全。还可以找一些险要处的天然山洞掩藏伤病员。因为四周都有岗哨警戒，平时伤病员都在村民家里护理，遇到敌人扫荡时就把伤病员转移到山洞里。

从 1939 年夏到 1942 年冬，西墙峪村民掩护救助伤病员多达 320 余人，没有一个被敌人搜出来，除了个别因伤势过重牺牲外，全都伤愈归队了。一个 200 口人的村子能在那么艰苦卓绝的战争环境中掩护救助了几百名我军伤病员，是非常不容易的事情，每家每户都有着可歌可泣的感人故事。

山纵医院搬来时，随之搬来的还有三头奶牛。为了给伤病员增加营养，上级特地拨给山纵医院三头荷兰奶牛。在残酷的战争年代，粮食缺乏，营养品更是稀罕之物，所以山纵医院和西墙峪村民把这三头奶牛当作命根子一样精心养护。敌人也探知到了西墙峪有奶牛的事情，所以多次到西墙峪寻找。找了几次没有找到后，他们杀光了西墙峪的几乎所有牲畜。春耕时，无畜力可用，山纵领导就组织战士们为村民拉犁，帮助他们耕种庄稼。管理喂养奶牛的任务初期是由村政委员张在周负责的，后来交由一个村民喂养。有一次敌人又来搜寻奶牛，那位村民刚把奶牛藏好不久，就被敌人抓着了，在敌人的刑讯下，他始终不说出藏奶牛的地方，最终被敌人活活打死了。

由于山纵机关和医院驻扎在西墙峪，时间一长，便引起了敌人的注意。驻沂水城的日军办公室里挂着的一张军用地图上，就将西墙峪这个小山村用红笔圈起来。这一信息被在城里让日军抓去打杂的村民张文树及时传回村里后，山纵首长为安全计，才把山纵医院转移到北边的四角泉去了。

山纵机关和山纵医院在西墙峪期间，由于西墙峪、南墙峪和桃棵子一带，向东不远就没有了深山密林的自然屏障，且距离县城很近，而向北则是群山连绵、沟壑纵横的山区。因而，情报的传递，伤病员的转移，南、北两个沂蒙的交通联系，以及和沂北办事处（后改为沂北县）的联系，都要经过桃棵子村，翻过北山后向北才能够完成。桃棵子村既是西墙峪"山纵好后勤"与外界联系的必经之地，也是西墙峪的有力护卫和安全的"后院"。山纵医院转移到北边的四角泉一带后，在后来的多次反扫荡中，西墙峪、南墙峪等村仍掩护救治了很多我军伤病员，这些伤病员的来往输送都要经过桃棵子村。当时传递情报、收治伤员，一切都是秘密进行的，如果没有桃棵子村民自觉的参与和配合，西墙峪这个抗日堡垒村显然是很难独立支撑的。每当有党政军人员经过和伤病员转移时，桃棵子村的地下党组织就会安排党员和骨干民兵或站岗放哨，或侦察带路，或掩藏伤病员和重要物资、文件，有力地保护和支援了西墙峪作为"山纵好后勤"的角色地位，为革命事业做出了重大贡献。

1941年秋季日寇大"扫荡"时，为了不致将重要的物资或者文件在战斗中遗失，抗大一分校的领导决定将一批重要文件和一部分书籍分别藏在桃棵子村的几个堡垒户家里。其中一位分校干部将一包裹着牛皮纸的文件交给张恒宾和张恒玉，分校干部反复叮咛一定要把东西藏好，千万别让敌人搜去了。分校干部临走时，从墙头上找了一块灰瓦片，一掰两半，然后交给张恒宾一块说："不论什么时候，也不论什么人来取文件时，只要来人拿着我手里的这半片瓦碴，你就把这包文件交给他，认瓦不认人。"因为日伪军经常来这一带"扫荡"或搜查，怕藏在家里不安全，张家兄弟二人就把文件藏在了村外一处露着半截小树墩的石头地堰子里面，以半截树墩作为记号便于寻找。过了大半年的时间，抗大分校来人取文件，恒宾、恒玉二人到原来的埋藏处一看，小树墩子不见了，堤堰的石头被动过了，拆开石头一看，果然不见那包文件了，兄弟俩当时急哭了。他们以为文件肯定被人偷走了，这怎么向抗大的同志交代！但还是不死心，就疯狂地拆两边地堰的石头，拆了一段后，终于找到了那包文件。直到人民公社时，有人才说出了那包文件被移动的真相：当年那人在山上刨柴火时，见到堤堰里冒出的小树墩，就当柴火刨，发现纸包后，知道是别人藏的东西，就又把纸包垒在了地堰里，但是位置移动了。张恒玉后来多次向张恒宾的长子张道森说起此事，每次都很激动："那些文件都关系到国家的大事，要是找不着，我和你爹可担当不起啊！"

沂水北部卞山一带是我党建立较早的一块革命根据地。1942年1月，"扫荡"日军自沂水北部葛庄等据点撤出后，这一带被国民党顽军占领，我二区、三区抗日民主政府及所属武装被迫撤到泰石路以南中心根据地。当时，我鲁中区党委、鲁中区二地委的主要领导临时住在南墙峪。有一天，二区区委书记李德民撤到南墙峪的当天晚上，鲁中军区党委书记霍士廉亲自与李德民谈话，要求他带领一精干班子潜回沂北二区，从事秘密工作，坚持沂北根据地的斗争。当晚李德民带领张纪庆、王兆丰二人潜回二区开展工作。李德民等人多次往返沂北与住西墙峪、南墙峪的领导联系、请示时，每次都是经过桃棵子村，正是有了桃棵子这个好"后院"，沂北根据地与上级领导的联系才得以畅通和安全。

2016年秋，桃棵子村民张道森领着一群城里来的游客参观西山的景观时说：这些山沟里原来有很多巨大的石头，巨石之间有很多可以容身的缝隙，当年抗大分校的许多学生，在反扫荡时就曾躲藏在这里。新中国成立后，这些巨石都被凿破建了房子。

桃棵子村在抗战时期，不仅仅出了一位救治八路军重伤员郭伍士的好红嫂祖秀莲，也是"山纵好后勤"西墙峪的安全"后院"。

母子情深

王晓明

红嫂祖秀莲冒着生命危险救护八路军伤员的故事，几十年来早已被广为流传，而八路军伤员郭伍士为报救命之恩，认祖秀莲为母的事迹更是让大家赞扬。这是真正的人间大爱，与我们沂蒙山区美丽的自然景观相互辉映，正是景美、人美、情更美，值得世人缅怀。

村民马秀淑是祖秀莲的亲外甥女，她从十几岁就来到桃棵子村帮自己的姐姐家看孩子，后来又嫁到桃棵子村，自然对大姨祖秀莲家的事非常清楚。据她说，大姨跟义子郭伍士家的关系非常好："她对老郭，就跟亲儿一样，老郭也常去帮她干活儿。那老郭撇腔，一口一个妈叫着，俺这里的人都没这么叫的，一开始大家伙儿听着都不习惯，都想笑，可他叫得那么顺口，俺大姨也答应得那么自然。后来又常听别人说起他们的事，说老郭是来报恩的，俺听着也就习惯了，还觉着怪好听呢。"

马秀淑还说，郭伍士的妻子以前是大户人家的闺女，从小裹了个小脚，长得很瘦小，家务活也不太会干。他们带着四个孩子搬到桃棵子后，大姨就常到他们家，教郭伍士的妻子怎么做饭，怎么缝衣裳，帮着她看孩子，对待他们一家真的就像是自己的孩子一样。

　　郭伍士的妻子也管祖秀莲叫妈，孩子们都管她叫奶奶，不知道的人都以为他们是一家人。那时祖秀莲经常被县里省里请去开会、做报告什么的，虽没有补贴，但回来时人家常会送给她一些点心糖果等，她都舍不得吃，拿回来分给自己的孙子和郭伍士的孩子们一起吃，从没有偏心的时候。

　　在郭伍士的二儿子郭文举眼里，祖秀莲就是他的亲奶奶。他在沂蒙山区出生，在桃棵子村长大，从没去过老家山西，更没见过山西的亲奶奶，他一点都感觉不到自己与祖秀莲的亲孙子有什么区别。他记得小时候父亲曾不止一次地对他和哥哥弟弟们说："我的命就是你们的奶奶救的，没有她老人家，我早就见阎王去了。你们都给我记住了，长大了一定要好好孝顺你们的奶奶。"

　　那时郭伍士每月有十几元的伤残抚恤金，但他每月都会从中拿出一部分给祖秀莲用。上级供应花生油等物品，他也会分一些给祖秀莲，逢年过节，更是要买一些好吃的送过去。因此妻子有时也稍稍有些怨言，但每次郭伍士都是耐心劝说。有一次郭文举就听到父亲对母亲说："我的命都是咱妈给的，没有她，我早就是死人了，哪还有这些抚恤金？说到底这钱也不是我的，其实是咱妈的，我拿咱妈的钱孝敬她点儿又怎么了？"这话说得母亲哑口无言，从此不但再也不抱怨了，还督促几个孩子要常去奶奶家看看，帮着奶奶干点活。

　　让郭文举记忆最深刻的一件事就是：有一年冬天奶奶病了，一连躺在床上好多天。那时父亲郭伍士正给村里当护林员，负责看护西山八亩地到南山挡阳柱那一片的山林。这一天，父亲无意中在山上捉到了一只野鸡，还捡到一窝野鸡蛋，就抱着它们匆匆赶到了奶奶家，他想让母亲吃了野鸡和野鸡蛋好滋补身体，快点好起来。可是那天下午郭文举和哥哥正好去奶奶家玩，奶奶就拿出煮熟的野鸡和野鸡蛋来让他们吃。那时大家生活困难，哪见过这些好吃的，又加上郭文举和哥哥当时都是半大小子，正是爱吃饭长身体的时候，一会儿就把那只野鸡吃完了。回家后他们还兴奋地说起了此事，父亲一听却火冒三丈，抬手就甩了他们每人一巴掌，郭文举和哥哥委屈地哭了。事后，父亲又耐心地给他们讲了打他们的原因，说得郭文举和哥哥心里内疚极了，幼小的郭文举在心里暗暗发誓，等自己长大了，一定要天天买鸡孝敬奶奶，可没想到自己刚刚成家立业没多久，奶奶竟然去世了，这也成了郭文举终生的遗憾。

当然，关于郭伍士和红嫂祖秀莲母子情深的事迹，并不仅仅是这些，在祖秀莲故居屋后，有两处"景点"就是很好的证明：一处是由木栅栏围着的一棵老柿子树，还有一处是一眼吃水井。柿子树是20世纪50年代郭伍士刚来桃棵子村落户时栽下的，当时他把那棵小柿子树比作刚刚落户的自己，立志要扎根桃棵子，为恩人养老送终，永不分离。后来，柿子树慢慢长大，每年都会结出很多又大又甜的柿子，祖秀莲就把它们分给乡亲吃，乡亲们也就把这棵柿子树称为"感恩树"。离柿子树不远的那口水井，是郭伍士当年为方便祖秀莲提水，专门在一眼泉子下挖的。当初那眼泉子并不大，里面的水也不多，一到枯水季节泉子也就干了，祖秀莲只能到很远的地方去提水，非常吃力。郭伍士就把那眼泉子挖成一口水井，并用石块把井沿砌起来，这样平日用不完的泉水也流不走，就储存在那里，祖秀莲和附近的乡亲就不用再上山爬崖取水了。时至今日，这口浅浅的水井还为乡亲们的用水发挥着作用，乡亲们都亲切地称它为"报恩井"。

但是对于郭伍士来说，他最大的遗憾就是母亲祖秀莲去世时他没能在她身边。

那是1977年的7月份，84岁的祖秀莲已经病了好久了，一直躺在床上。正在这时，郭伍士山西老家的人来信，让他回去帮着处理一点家事。自己已经离家好多年了，家乡的山山水水，家乡的亲人一直萦绕在他的梦里，他也很想回去看看，可又一想到母亲的现状，他就犹豫了。

这一天，他又去看望祖秀莲，见她竟然坐在床上，病情似有好转，他就想说说回老家的事，正犹豫着不知该如何开口，祖秀莲见他欲言又止，就问道："他哥，你怎么了？"

郭伍士只好吞吞吐吐地说："妈，是这样，山西来信，让我回去趟。"

祖秀莲一听露出笑容："好啊，你都多少年没回去了，是该回去看看了。"

"可是……"郭伍士望着祖秀莲犹豫着。

祖秀莲笑着拍拍郭伍士的手安慰道："你放心，我没事，我这就好了，你看，我这不是坐在这里，我还能吃一大碗饭呢。"

郭伍士放心地走了，他到了山西，匆匆地看了看那里的亲人，办完了事就急着往回赶，可没想到一回来，却得知祖秀莲已经去世的消息。他还听说母亲在临去世时，嘴里一直念叨他的名字。

郭伍士扑倒在祖秀莲的坟前失声痛哭，他心里那个悔啊，说好的，他要给母亲养老送终，最后却食言了。时间若可以后退，他真的想一直握着她的手，哪怕拽不住她，也要让她放心地去另一个世界。

但是一切都来不及了。

其实郭伍士不知道，祖秀莲的内心里还是非常满足的。她救郭伍士原本是出于道义，自我感觉是一件平常的事，却没想到郭伍士竟然来寻母报恩，十九年的母子情啊，她知足了。

1984 年，郭伍士去世了。按照他一生的奉献，他是有资格安葬在跋山革命烈士陵园的，但他不想离开自己的母亲，而桃棵子人也不想让他走，征得上级同意后，大家就把他葬在了桃棵子村南的一个山坳里，离母亲祖秀莲的墓并不远，使他能够永远地陪伴在那位给了他第二次生命的母亲身旁，再也不分开了。

红色小路

靳　群

　　自从 2015 年 8 月 28 日沂蒙红嫂祖秀莲纪念馆开馆以来，桃棵子，这个偏僻的山村便热闹起来。一拨拨的参观者接踵而至，一批批取经接受教育的团队在沂蒙红嫂的塑像前举起拳头，向党旗和革命老前辈宣誓。据纪念馆管理人员介绍，自建馆以来不到两年时间里，已接待前来学习参观者有 10 多万人。

　　这座红嫂祖秀莲纪念馆，是 100 多名曾在沂蒙服役的老兵捐资修建的，其建筑风格及馆内布置档次堪称一流，它被人们视为弘扬"军民鱼水情"的殿堂。

　　走出纪念馆的参观者，大部分眼里都噙着泪花。他们都被红嫂的大爱大义所感动，也被伤员郭伍士的忠孝感恩举动所震撼。怀着对英雄母子的崇拜之情，匆匆走下门前石阶，顺着参观导引的蜿蜒石头小路，去寻找 70 多年前的那场生死相救和军民鱼水情深的痕迹。

　　从纪念馆向西南约一公里有一条石板与鹅卵石铺成的小道，被人们习惯地称为"红色小路"，这里也是这个红色小镇的中心地带。

　　踏上向西的红色石阶，来到与纪念馆相隔一条便道的一排石墙灰瓦旧房，就是沂蒙红嫂文化馆。因为红嫂事迹的发现和传播，主要得益于小说《沂蒙山的故事》《红嫂》和戏剧《红云岗》《沂蒙颂》等文艺作品的推出，所以，在文化馆的两个展室里，挂满了几十年来表现红嫂救伤员的书籍、戏剧、电影及与之有关人员的照片与截图等。

刘知侠，这位发现、宣传红嫂的大文人，首当其冲地被安排在首位。沂水人对刘知侠感情颇深，正是这位从延安走出来的军旅作家，山东省文化界的老领导，怀着对革命老区和红嫂的景仰，1960 年带着组织关系信直接插到沂水县，一住就是两年多，这才有了《沂蒙山的故事》和《红嫂》，也就有了后来表现红嫂的戏剧、电影、美术等一系列文艺作品。红嫂事迹的发掘与推出，红嫂精神的弘扬与传承，刘知侠立了头功。饰演红嫂的著名京剧梅派演员张春秋、舞剧《沂蒙颂》剧组在沂水体验生活的照片都一一陈列。最让游客感动的是伟大领袖毛主席、周恩来总理、朱德委员长等党和国家领导人接见京剧《红嫂》演员的画面，还有毛主席观看《红嫂》以后做出的指示——"《红嫂》这出戏是演军民鱼水情的戏，演得很好，要拍成电影，教育更多的人做共和国的新红嫂。"从那时起，"续一把蒙山柴炉火更旺，添一瓢沂河水情深意长"的旋律便响彻神州大地。

红嫂文化馆前面台阶以下是一处红色石板铺成的大广场，广场右侧有一巨石，上刻毛体"拥军广场"4 个大字。据村里的老人讲，桃棵子山多，此处地形较洼，相对平整，又是村子的中心地带，人民公社时期的大队部就建在这里，也就是现在的沂蒙红嫂文化馆用房。抗战时期，这里是八路军伤员和后勤的中转站。与桃棵子村一山之隔的堡垒村西墙峪，被誉为是山纵的好后勤，八路军山东纵队医院驻在该村时，这个 50 多户 200 口人的小山村，伤病员最多时竟达到 200 多人，那真是家家有门诊，户户是病房。桃棵子北部山高无路，是敌人防守薄弱的地方。这些伤病员及医护后勤人员的转移，很多要经过桃棵子。在解放战争期间，桃棵子的乡亲们常常要在这块地上集合接受任务，无论抬担架还是为部队带路说走就走，张在富等 20 名青壮年长期支前在外，随解放大军一直战斗到淮海战役和山东全境解放。祖秀莲和她的姐妹们，

56

也都是在这里集中各自做的军鞋、凑的军粮。也是在这片洼地里，桃棵子村有 11 位热血儿郎换上军装，参军奔赴战场。然而，革命胜利后只回来了 6 位，有 5 位血洒抗日、解放战场。新中国成立以后，这里成为一处开会、娱乐的地方，尤其是 20 世纪六七十年代常来部队慰问、拉练，都会在这里搞个军民联欢会，为乡亲们演上一场节目，那些当年参加拥军的老人们至今难以忘怀。如山东省京剧团《红云岗》剧组饰演红嫂的张春秋他们，就是在这"田间地头"为乡亲们演出京剧选段；舞剧《沂蒙颂》拍成电影后，也是在这个场合举行的首映式。2015 年初，当 100 多名当年拉练来过桃棵子，慰问过红嫂张大娘的沂蒙老兵们，在为红嫂祖秀莲捐资建纪念馆的同时，扩大修建了这个见证军民鱼水情的广场和舞台。广场是石板铺成的，舞台是石块垒成的，质朴大气，和村里的石屋毗邻是那样地协调。广场起名叫"拥军广场"，舞台叫"八一舞台"，意即"拥军爱民"，桃棵子人说这名字起得太好了。2015 年 8 月 28 日，在庆祝红嫂纪念馆落成典礼仪式上，老兵艺术团排演的一台精彩节目在这里上演，包括出席典礼的各级领导、三百名老兵在内的三千多人观看了演出。村里很多老年人说，真像当年的拉练部队又回来了。如今，拥军广场已成为桃棵子作为"鱼水情乡"的一处标志性场所。

出广场沿坡而上，便是红嫂墓。祖秀莲 1977 年去世，虽然去世快 40 年了，但几乎每天都有人来墓前瞻仰、祭拜，碑前常有鲜花摆放。按照当地风俗，祖秀莲去世后葬在自家的张家林里，与本家亲人的坟墓相邻。1987 年春，沂水县人民政府为红嫂祖秀莲立了墓碑。凡来瞻仰红嫂墓的人都要躬下身子来辨认碑文，品读红嫂的感人事迹，因碑文刻字较小和时间较长的缘故，碑文中有些字难以看清。在这里，我们把红嫂祖秀莲的碑文复述一下，以飨读者：

> 祖秀莲，沂水县院东头乡桃棵子人，1891 年出生于贫苦农民家庭。1941 年秋，日寇扫荡沂蒙山区，八路军侦察参谋

郭伍士身负重伤，生命垂危，祖秀莲舍生忘死，把郭伍士转移到安全的山洞里，用慈母心肠，精心护理，终于使人民战士重返前线。六十年代初，小说《红嫂》即取材于祖秀莲的事迹。郭伍士曾撰写《人民，我的母亲》表达对祖秀莲的深切怀念。中共沂水县委、沂水县人民政府誉她为"战争年代的红嫂，建设时期的英模"。祖秀莲于 1976 年加入中国共产党，次年病逝，享年 86 岁。祖秀莲的革命精神将同青山常在，与绿水永流。(1987 年春沂水县人民政府立)

　　沿着弯曲的石子路前行不到 100 米，路边的乱石堆里，长着一棵直径约 50 厘米的大柿子树，柿子树虽长在石缝里，但仍然枝繁叶茂，果实累累。与其他树不同的是，树前立着一个牌子，近前一看，上写三个字："感恩树"。据说郭伍士于 1958 年带家眷迁来桃棵子时，祖秀莲曾问这位山西籍的老兵：你们一家能在这山旮旯里待得住吗？在这里可要经得住吃苦啊！郭伍士当时没回话，他默默地拿起镢头和一棵刚从山上挖来的软枣树苗（柿树是软枣树嫁接的），来到义母祖秀莲的屋后，刨开碎石，把小树栽了进去，接过祖秀莲送来的水罐，一面为小树浇水，一面对娘说：这棵软枣树栽在这石劈缝里，长大以后，拔也别想拔出来了。只要您老人家不嫌弃我这个儿子，我也像这棵小树一样在桃棵子扎根，永远做您的儿子。后来小树长大了，嫁接柿子树后结出的柿子又大又甜。因为祖秀莲经常为它浇水施肥，倍加爱护，尽管根扎在石头里仍然旺长，不到 10 年就长成大树了。我们看到，70 年代很多来拜望红嫂的客人，很多是在这棵柿子树底下合的影。祖秀莲老人和郭伍士相继去世以后，人们为了纪念这对革命母子，将此树称为"感恩树"。

　　距大柿树不过十几米，有一口浅浅的水井，井壁是用石头垒砌的，立在井旁的一块大石头上写着：报恩井。几十年前，这里仅有一眼自流的山泉，涝天汩汩冒水，旱天几乎断流。平常祖秀莲就吃这眼泉里的水，不过，一到旱季枯水时，老人家只好到大半里路外的峙密河下游提水。为了方便母亲取水，郭伍士在泉下挖了个水井，找来石块砌好，把平日用不完的水储存起来，方便了祖秀莲老人及近处村民的生活。

与"报恩井"相对的两间石草房，就是红嫂祖秀莲的故居。红嫂故居是典型的沂蒙小院形式，东头两小间是祖秀莲和老伴张文新生前住的房子，石墙草顶，屋中支一土炕，漆黑的墙壁和屋笆，一眼就看出是经历过风雨沧桑的老旧房。祖秀莲后人介绍，这两间房子就是抗战时期住的房，是郭伍士负伤后第一养伤处，祖秀莲老人一直住到去世。为了纪念红嫂，历届党支部、村委会都对这两间茅屋采取了保护措施，至今保持原貌。西边那三间屋看起来很新也宽大，那是张家后人前些年新盖的房子，为了恢复红嫂旧居，主人最近才搬出去住了。

在这个普通的农家院门前，很多游人都会留影纪念。因为他们知道，在门前的那块石头上，曾经染上了抗日战士郭伍士的鲜血。祖秀莲门前至郭受伤的地方是那样地坎坷难行，人们无不感叹，在如此伤重的情况下爬到这里，得靠多大的毅力和多么坚强的意志啊！别看这个家门普普通通，自那位著名作家刘知侠来过后，谁也说不清又有多少领导、军人、艺术家进过这个门。祖秀莲去世12年后，时任中共中央政治局委员、国家教委主任李铁映来沂水检查校舍改造工作时，来到红嫂故里，先去瞻仰了祖秀莲墓，然后在当地干部的陪同下来到了这个小院。李铁映步入祖秀莲那两间低矮、漆黑的老屋，仔细察看了红嫂生前生活用品，然后来到院子里，听学生代表张在东介绍"红嫂"老奶奶在日常生活中如何关爱、教育革命后代的事迹。临别时，深情地写下了"到红嫂故乡参观学习"9个大字。

出红嫂故居，踏着石子路，沿着一条小溪顺坡而上，前面是一片石墙红瓦的房屋，一共有9套，都是一个个独门小院，一家两小间堂屋，一小间西屋（厨房）。虽然屋小院子小，但门牌的名气却很大——鲁中军区、渤海军区、滨海军区……甚至还有山东纵队和山东军区。据介绍，当年抗战那会儿，这里也经常住过八路军领导机关，只是大多住的时间短，加之又保密，所以难以分清是哪级机关。于是，红嫂故里人把8套小屋全部使用了抗战时期山东八路军两级军区的名字，还剩一套"给"了抗大一分校。这些屋内均挂着当年该单位的首长及部队照片，还有文字介绍等。没想到此举竟收到了意想不到的效果。因时间久远，很多人已不记得抗战时期我们山东八路军的体制、编制，特别是对山纵（后成立省军区）以下二级军区、军分区这些机构更加陌生。现在，来桃棵子的游人从小路上走一趟，竟然记住了好多当年军事单位的名字，更有好奇者一定要去屋内看个究竟，这一来二去，无意当中接受了革命传统教育，小小门牌可是起了大作用。

走出"军区机关"，踏着磨盘砌成的坡道来到坡上，汇入了院夏公路上的"中心街"，这里是小路的终点，从这里由小路变成了大道。路西是一处平缓的暗红色广场，据说准备在广场的中心位置立起一尊数米高的红嫂雕像，其造型是取自芭蕾舞剧《沂蒙颂》中英嫂挎篮送鸡汤的舞蹈动作，这里是游人集中与小憩的地方。从广场往南这段路的两边，是展示各个历史时期的"红色文化专区"。这里有读书人爱逛的红色书屋，有年轻人喜欢探究的知青大院，有土生土长的赤脚医生之家，有战争年代的邮政驿站。红嫂家人办的饭店、食堂，特有的农家乐饭菜香飘街巷，吸引着八方来客。来到一处特色饭店或食堂，点上几个红嫂故里的小菜和烤地瓜、煮芋头饱餐一顿，你会体会到生活在当下是多么的幸福美满。

从红色小路到"红色文化"街一路走来，游览者会有一个时空转换的感觉，好似在不知不觉中完成了从革命战争到社会主义革命、建设的整个过程。虽是匆匆而过，虽是走马观花，但游人看到和听到的毕竟都是生动、有型的，故事是感人肺腑的。相信每一位游客来"小路"走上一遭，都会记忆深刻、终生难忘。

奇　缘

■ 王述文

20 世纪 60 年代，一个"军民鱼水情"的精彩故事从沂水县院东头镇桃棵子村传出，战争年代沂蒙红嫂祖秀莲舍命救八路军战士郭伍士，郭伍士复员不回山西老家，而是怀着感恩的心来到沂蒙母亲祖秀莲身边，为救命恩人养老送终。自此，一出"民拥军，军爱民"的"鱼水情缘"大剧震动了全国，感动了国人。

进入 21 世纪的今天，100 多位复员老兵自发来到桃棵子村，修建红嫂纪念馆，实施旅游扶贫开发，帮助桃棵子村民发家致富奔小康的大戏又在山村上演。其中，部队老兵与桃棵子村党支部书记张在召的一段奇缘也透露出来，感动了老兵，感动了桃棵子的村民，感动了来这里考察学习旅游的游人，谱写了新时期军民鱼水情的又一段佳话。

1971 年一个滴水成冰的冬日，桃棵子村迎来了新中国成立以来第一拨成建制的解放军部队。来者是临沂军分区和所属独立营的官兵，野营拉练来到桃棵子村。

第一次近距离接触那么多解放军，乡亲们心情无比激动。家家户户像当年迎接八路军一样，把同志们领回家，为他们铺床、烧洗脚水，把平日舍不得吃的花生炒上，鸡蛋煮上，把热气腾腾的姜汤端上，感动得战士们一个个热泪盈眶。部队官兵住下后不顾鞍马劳顿，争相为乡亲们挑水、劈柴、打扫卫生。红嫂张大娘家里更是熙来攘往，干部战士都想为老人家做点事，听她讲当年救伤员的故事，文艺宣传队还专门为老人家演出了"专场"。

部队在桃棵子拉练，军民交往得多了，新的故事就会发生，但谁也没有想到：在这军爱民、民拥军的浓浓情谊中，一桩温馨感人的军民鱼水情的"小品"正在默默地上演。

当时，住在现任党支部书记张在召家里的是独立营张百臣营长。张在召在家是老小，那时只有四个月多一点，上有四个姐姐，两个哥哥。当时，农村还非常贫困，特别是张在召一家人口多，日子过得特别紧巴。张在召的哥哥上小学二年级了还没穿上双鞋子，成天赤着脚来回跑。由于吃不饱，妈妈奶水少，饿得张在召天天哭……这一切，张营长看在眼里，疼在心上。拉练期间，部队和老百姓相处得很好，互相帮助，谈心交心，十分融洽。有一天，张营长特意打了一壶酒，饶有心事地和张在召的父亲一起喝了起来。二人喝到高兴处，张营长试探着把掏心窝子的话说了出来。他说："老哥，我看你这么多孩子，拉扯不过来，生活很艰辛，我家里光闺女，没有儿子，如果你和老嫂子同意，把小三给我，我帮你拉扯，行吗？"张在召的父亲在家里向来是说一不二，一言堂。听了张营长的话，也许是他考虑到孩子送给张营长，可以立即改变环境，生活得更好，培养孩子也更有条件，因而会有个光明的前途……便没有和妻子商议，就痛快地答应了。事后，张在召的母亲听说了，虽然舍不得亲骨肉，但既然已经答应了人家，也只得同意，事情就这样定了下来。

后来，部队拉练任务顺利完成，要离开桃棵子。当张百臣营长集合部队开拔时，全村男女老少早已等在村口，军民洒泪告别。一捧捧温热的炒花生，一个个烫手的煮鸡蛋塞进了战士的挎包……而张营长想把张在召抱走的事也在悄悄进行。因为早已达成协议，所以拉练部队在告别乡亲踏上征程前，张营长就安排人来到张家抱孩子。没想到正当一战士接过襁褓中的张在召时，张在召的爷爷突然冲出来，发疯般地极力阻拦。张营长一看这局面，知道老人舍不得亲骨肉，就放弃了原来的打算，将张在召留下了。这件事村里知道的人并不多，但在张在召一家却留下了永志不忘的家庭记忆。张在召长大后，知道了这件事，认为这是一份特别珍贵的军民情谊，增加了对解放军的亲切感。

事情过去了近半个世纪，让张在召和乡亲们想不到的是，2015 年 2 月的一天，这帮前来建设红嫂纪念馆的老同志，就是 40 多年前在桃棵子拉练时住过的那些老兵，这份沉淀在心底的旧情谊又鲜活地展现了出来。这次，张营长因为年龄大、身体差而没来，但是，当年他手下的那些官兵来了。为首的是鹿成增，一位出生于沂蒙山，又在沂蒙山入伍当兵，1995 年转业的部队干部。鹿成增转业的第二年，组织上派他领办一个年产值不过百万元的亏损军工小型企业——恒远塑胶公司（后改为山东恒源兵器科技股份公司），鹿成增带领全体职工从头做起，经过数年打拼，公司终于扭亏为盈。企业经营状况有了转机，鹿成增便启动了他考虑多年的"工农联盟"设想。老鹿想在他服役过的沂蒙山区选一个村子，兴办助农项目，帮着农民致富奔小康。去哪乡哪村安点呢？老鹿正犹豫着，事有机缘，当他征求一位沂水籍的朋友意见时，那位朋友一口说出了沂水县的桃棵子。原来此君是沂水县委宣传部原副部长王德厚，熟悉他的人都知道他喜欢研究红色文化，红嫂精神、沂蒙的军民鱼水情都是他研究的重点。他认为，沂蒙老兵助老区群众致富与当年郭伍士落户桃棵子报恩是一致的，是军民鱼水情的延续。老鹿一听非常赞成，因为 40 多年前他们部队拉练时，为学习红嫂精神曾在桃棵子驻过一星期，与红嫂祖秀莲和感恩典范郭伍士结下了不解之缘。做出这个决定的那天是 2015 年 2 月 11 日，农历腊月二十三——小年。老鹿做事从来都是雷厉风行，三天后，他便约上几位老战友，驱车 200公里来到沂水县桃棵子村实地考察。桃棵子村地处沂蒙山腹地，四面环山，过去是一个舟车不通的地方，自 1971 年随临沂军分区拉练部队来桃棵子。不觉已过去 40 多年。在凛冽的寒风中，鹿成增走村串户，了解该村的农业、林业生产，参观了村里简易的红嫂纪念室和当年的知青院，听取镇村领导的介绍……回公司的路上，鹿成增陷入了沉思，他想起了 40 多年前拉练时见到的红嫂张大娘和为感恩自愿来桃棵子落户的伤员郭伍士，想到大娘冒着生命危险救助子弟兵的大义之举，鱼水深情。被誉为沂蒙红嫂的祖秀莲大娘，是沂蒙人民爱党爱军光荣传统的优秀代表，是人民子弟兵的母亲，自己作为一名沂蒙老兵，理应为弘扬沂蒙红嫂精神做点事情，一幅依托红色文化旅游扶贫的蓝图在大脑中逐步清晰。2015 年的春节，鹿成增把自己关在屋子里，经过慎重思考和查阅有关资料，提出了建设沂蒙红嫂祖秀莲纪念馆、沂蒙红嫂文化馆，修复红嫂故居等工程实施方案。大年初四，鹿成增委托他的沂水朋友——县委原宣传部副部长王德厚带着那份方案，前去桃棵子村和院东头镇征求意见。镇、村的领导看了那份简明扼要的方案后，被这位企业老总炽热的赤子之心感动了，迅速通过了建馆方案。

2015 年 4 月 15 日，红嫂祖秀莲纪念馆破土动工，2015 年 8 月 28 日，红嫂祖秀莲纪念馆落成开馆。从 1971 年部队拉练到今天建设红嫂纪念馆，经过了近半个世纪的时空转换，谁会想到这两件大事竟是同一伙人所为。这说起来应是"奇缘"，可这也是自战争年代以来"军民鱼水情"的延续。百名老兵的义举极大地鼓舞了桃棵子村民，他们借力发力，加快发展，几年时间，就将一个"老穷村"变身成为市县乃至全省、全国挂号的"红富美"。

2016 年 5 月 24 日，临沂市委副书记、市长张术平带领市直和部分县区的负责同志考察全市旅游工作。在沂水县院东头镇桃棵子村，听取了"红嫂故里"特色旅游村的情况介绍，在新建成的沂蒙红嫂祖秀莲纪念馆内详细察看了纪念馆的展出内容，观看了专题片《母子情深》，深深地被红嫂舍生忘死救伤员的大义之举所感动。当了解到此馆是由退役的百名沂蒙老兵捐资建成时，张市长在接下来的座谈会上讲出了他对参观沂蒙红嫂祖秀莲纪念馆的"五个一"感受："一位好红嫂，一个好战士，一篇好故事，一群好老兵，一座好纪念馆"。参加建馆的沂蒙老兵们对市长给予的评价和所做工作的肯定激动不已，更加坚定了他们在桃棵子干一番大事业的决心。老兵们说，既然我们今生与沂蒙、与红嫂故里有缘，就情愿把晚年贡献给这方热土！

桃棵子的美，美在它的环境优雅，美在它的民风淳朴，更美在曾经发生在这里的许多"奇缘"和暖心事儿……

郭伍士的老屋

■ 戚玉庄

桃棵子村，原本是一个十分普通的小山村，因发生在这里的沂蒙红嫂祖秀莲勇救受伤的八路军战士郭伍士的故事而闻名于世。桃棵子村位于沂蒙山区腹地的沂水县西南方向的院东头镇，村子四面环山，村周围群山连绵，山高林密，抗战时期这一带及周边地区是山东八路军的主要根据地，沂蒙红嫂祖秀莲就住在这个小山村。

郭伍士，山西浑源人，1937 年参加红军，后随八路军东进部队进入山东，一直转战在沂蒙山区。1941 年秋，身为八路军山东纵队司令部侦察参谋的郭伍士，在桃棵子村东南方向的挡阳柱同日军的一次战斗中身负重伤，身中五弹又被日军连捅数刀昏迷……后被桃棵子村民祖秀莲救起，历经千辛万苦，精心救护，逐渐康复归队。

1947 年，郭伍士带着二等乙级伤残军人的身份转业到沂南县工作，担任过后勤仓库库管员职务，后与马牧池乡双泉峪子村女青年祖玉莲结婚成家，落户到沂南县依汶乡隋家店村。生活安顿下来后，郭伍士又经过数年奔波，在桃棵子村找到了他的救命恩人祖秀莲大娘。1958 年，沂南县计划在隋家店村附近修建水库，村民需要搬迁，并号召村民尽量投亲靠友去落户，郭伍士申请到相邻的沂水县桃棵子村落户，实现自己一直想认祖秀莲为母，报答救命之恩的夙愿。上级批准了他的申请，郭伍士携妻带子来到桃棵子村，成了这里的村民。

郭伍士一家的到来，让村里措手不及，尽管村里分给了粮食，但住房一时无法解决，大队长张恒宾主动将自己的住房挤出一间让郭伍士一家居住，张恒宾家当时只有三间草房一间锅屋（厨房），本来家里大人孩子就够挤了，再加上郭伍士一家六口人，小院就更热闹了，两家合用一个锅屋做饭，两家孩子挤在一张炕上睡觉……当时的困难程度让郭伍士的长子郭文科今天说起来还不胜感慨。

1960年，村里为解决郭伍士的居住问题，在村西南方向朝阳洞山下划出一块三分多面积的荒地建房，因当时条件所限，所用材料大都是就地取材，用山上的砂石块垒墙，锯来山上的松树、槐树作木料，用生产队的秫秸、麦秸封顶，因陋就简，盖起了两间普通的草房，厨房是用木棍和草苫围起的尖顶团瓢，厕所是用石块垒起的半截墙围成。再用石块圈起了一个有一米多高围墙的四方院子，这就是郭伍士最初的家。这样的房舍在我们今天看来的确有些简单，可当时的条件就是这样子，比起大多数村民的房子还好了一截呢。

院子坐落在美丽的朝阳洞山下，大门朝东，一条山溪从院子左侧顺流而下，青山溪水、绿树草房融为一体，抬眼远眺，满目青山，群峰连绵，家安在这里，心灵足以得到别处难以得到的安宁与平静。

郭伍士去世30多年了，如今走进郭伍士一家当年住过的院子，几十年前的布局依旧，石磨、鸡栏、厕所还是原来的样子。当初，郭伍士搬来新家时，家中有三儿一女，全家6口人，住在这个长6米宽4米共20多平方米的两间西屋里，做饭的大锅台也连着大炕，冬天为了做饭取暖兼顾。后来家里又添了一儿一女，一下子成8口人的大家庭，这两间草房就有些转悠不开了。

于是，便贴着北山墙又接了一间房，把山墙挖了一个门口，由二间房变成了三间房。随着孩子们的长大，家中劳动力增多，经济条件相对改善，又在院子北边盖了两小间草房做厨房，西边三间就成了专门吃饭、待客、睡觉的正房了。郭伍士夫妻去世后，老大郭文科一直居住这套老屋。2008 年，郭文科决定翻修一下老屋，由村集体提供红瓦、青瓦、苇箔等材料，自己出钱雇人施工，将原来的秫秸、麦秸房顶换成了今天正房红瓦、厨房青瓦屋顶的样子。与周围邻居的粉墙红瓦住房相比，这几间老屋显得陈旧矮小。近几年村里搞起了红色旅游，郭伍士的老屋成为一个景点，要求保持原貌。

如今院子里的两棵大树格外显眼。东南角一棵挺拔的刺松长得枝繁叶茂，院子中间一棵直径10 多厘米的杜仲树也有十多米高。据郭文科讲，这两棵树是父亲当年在花盆里当盆景养的，后来长大了，才移到地上的，没想到都成了大树，树龄也50 多年了。睹物思人，当年这个热闹的小院，如今只有郭文科一人居住，院子的空闲地上长出了荒草，显得格外冷清。郭文科小时候得过婴儿瘫，当时医疗水平有限，落下了残疾，平时走路要靠拐杖支持。他的弟、妹们都成家立业了，唯独60 多岁的郭文科一直未成家，独自一人过日子，也就成了老屋的继承人。

走进老屋，当年的门窗依旧，屋内的土炕锅台没了踪影，冰箱、电视、沙发、茶几、饮水机、组合柜有序摆放，这些现代家具是郭文科如今的生活用品，屋中间摆放的一张破旧的小饭桌，看来有些年岁了，这是当年的老家具，墙角放了一个褪了色的灰白老杌子，是郭文科母亲当年的嫁妆。饭桌里边靠墙放着一张雕花供桌，桌上摆放着 DVD 播放机和户户通机顶盒，这狭小的空间，再也放不下什么东西了。由于背靠大山，屋内地面还有山泉渍出的痕迹，墙壁被当年做饭的烟火熏得乌黑，低矮、昏暗、狭小潮湿的空间，让走进老屋的人感到沉闷，一时感到时空的倒转。郭伍士一直到生命最后也没有离开老屋。为了报答义母祖秀莲的救命之恩，当年毅然决然地来到这偏僻贫困的小山村，英雄在这里默默无闻，毫无怨言，实现了忠孝两全的大爱人生。就凭郭伍士的二等乙级伤残身份，当年搬迁时，如果向组织说明情况，一定会得到更妥善的照顾，起码可以安排到条件好的地方安家落户。

郭伍士来到桃棵子村后，村党支部考虑到他是战争年代入党的老党员，荣立过战功，还是二等乙级伤残军人，就让他担任党支部成员，平时干一些轻快的活，可郭伍士没有把自己当成特殊人员，还是同在部队一样，各项工作都干在前头。大跃进年代，桃棵子村响应上级号召，办起了三个大食堂，村里安排郭伍士担任其中一个食堂的管理员，他对食堂工作尽心尽力，把食堂管理得井井有条，从不利用工作之便多吃多占。后来食堂停办，村里考虑到郭伍士身体有伤残不能干重活，就让他看护本村的山林，当起了护林员，与他当年曾经战斗过的山山水水相伴，一直到晚年。

当年郭伍士家里人口多，大儿子郭文科腿脚不便，其他孩子又小，只有他一个劳动力干活挣工分，加上桃棵子地处山区，土地贫瘠，分的口粮常常捉襟见肘，特别是三年困难时期，还要经常饿肚子。尽管生活困难，郭伍士不忘对母亲祖秀莲的孝敬，只要有时间他就会来到母亲身边，嘘寒问暖，每次领到伤残补助金，他就为母亲购买营养品，表达自己的心意。1977 年，义母祖秀莲离开了人世，享年 86 岁。当年母亲救护郭伍士 29 天，给了他第二次生命，郭伍士在桃棵子村与母亲相亲相守 19 个年头，实现了自己报恩养老的当初承诺，他为国尽忠、为母尽孝的大爱大德，是我们民族宝贵的精神财富，是子孙后代学习的楷模。

1984 年正月十一日，郭伍士在老屋内去世，享年 74 岁，两年后老伴也撒手人寰。郭伍士有四子二女共 6 个孩子，大儿子郭文科至今坚守老屋一人生活；二儿子郭文举 1973 年入伍到潍坊炮兵某部服役，复员后回村务农，与本村姑娘结婚成家；三儿子郭文升 1974 年到胜利油田当工人，并在当地成家落户；四儿子郭文成 1976 年到新疆服役，复员后赶上国家照顾老革命后代的政策，被安排到草埠煤矿工作，在淄博成家落户；大女儿郭文荣、二女儿郭文桂都与本村青年结婚成家。郭伍士的子孙后代都传承了父辈忠厚善良的家风，无论身处何地，都能做到与人为善，平凡做人。

2015 年，由百名老兵捐建的沂蒙红嫂祖秀莲纪念馆在桃棵子村建成对外开放，祖秀莲故居、郭伍士老屋等一些遗迹成为相应景点，上级单位还在村里建立了爱国主义和革命传统教育基地。桃棵子村以红色文化为引领，利用山清水秀的资源优势，开展"红色旅游"和"乡村旅游"，为村民致富再添动力。

随着八方来客的到访，祖秀莲、郭伍士这对母子感天动地的故事将传播得更加久远。

第二编

美丽乡村

古村桃棵子

■ 王德厚

　　地处沂水、沂南、蒙阴三县交界的沂水县院东头镇桃棵子村，是个四面环山、山高坡陡路难行的山村，自古以来村民外出只有一条弯弯曲曲的羊肠道，直到 20 世纪 80 年代县里修院夏路经过桃棵子，才算有了出山的路。全村 600 多口人，分别居住在 16 个自然村。从居住如此分散看，说明村子高低不平难以连片建房，也说明村庄覆盖面积不在小数。

　　2015 年，桃棵子被评为山东省第一批古村落。关于古村落的评定条件，可以肯定的是，它必须符合一个"古"字。据张姓家谱记载，清光绪年间张姓人士从南墙峪村迁入，桃棵子村头石碑上刻得也是这个时间。按照这个时间算来，桃棵子立村满打满算也就 140 来年，在本地好像还算不上太古老，因为近处比他们早一个朝代的村庄还有很多——特别是明初从山西移民来的也有很多。

　　其实，这仅是张家从南墙峪搬过来的时间。桃棵子村至今人人皆知的就有郇姓人家早于张家多年在此居住，140 多年前张家来此落户时，郇家那时早已不在，只留下了一片残垣断壁；还有几簇荒芜的坟冢，孤零零地守在村东凤凰台下。据桃棵子的老人们讲，他们的老祖从南墙峪搬来时，都知道这里原来有姓郇的一家在此居住多年，这是一个大户人家，不但日子过得殷实，家中还出了一个知书达理、相貌赛过天仙的大美女，后被选进宫里做了皇妃。据传自从郇家出了个"娘娘"，全家便很快搬走了，可能搬到京城，也可能搬到哪里做官就不知道了，搬迁后的最初几年，郇家还有人来凤凰台下上过坟。

那么我们根据这些代代相传的信息，再结合这里的山水地形及名称捋一捋，桃棵子村不但古老，而且还有很多动人的故事，很值得探究一番。

桃棵子四面环山，只有东南方向一个出口，一条发源于该村四脉山的小河——峙密河，由此山口经峙山流入30公里外的沂河。沿峙密河岸，有一条窄得看不见的羊肠小道，在荆棘树丛中伸向村里。所以，外人来到这里并不知道里面还藏着一片广阔天地。

比较集中的传说是，这家郇姓人家的主人原来是朝廷的大员，可能因为站错了队，抑或参错了人，惹怒了皇上，被革职流放，隐居在方圆数十里无人烟的桃棵子，过着与世无争的世外桃源生活。

郇家在这里时虽是独一户，但瘦死的骆驼比马大，仅家中管家、佣人也有几十口子，一大家子人口需要不少的房屋宅舍。所以，当地有爬山采药、逮蝎子的人从树影中隐约发现，在这个密不透风的深山里，陆陆续续冒出了一些房屋建筑，这应该就是桃棵子村的雏形。

郇家大户在这里住了多少年，现无从考证，但从桃棵子的若干地名看，好像都是这位满腹经纶的革职文官或他的后代命名的。从西北四脉山（峙密山）至东南挡阳柱山依次是：四脉山（因四条山脊通着四座寺庙得名）、老龙窝、朝阳洞、水帘洞（冰瀑）、燕子石、虎家峪、狼窝子、海子沟、挡阳柱；从东山至北山是：凤凰台、拳头山、鼓石块、老猫窝；一条河因发源于四脉山，因此就叫四脉河。这些怪异的地名，有的可能是象形：如四脉山、老猫窝、拳头山；有的是真有其事：如老龙窝（巨蛇窝）、狼窝子、虎家峪；有的是确有其功能：如挡阳柱山（遮挡了太阳）、燕子石（燕子集中垒窝的石洞）等。令人不解的是，如果这些是真的，那这些人整日与狼虫虎豹为邻，那日子过得还安定吗？还有一种解释是，这位被革职的官员住到山沟沟后，仍怕外人来此搅扰，就把这地方起上些恐怖可怕的名字，不信你看，前有狼，后有虎，左有海子（深水淹子）右有大蛇。那简直把人吓得望而生畏，谁还敢拿生命开玩笑！但也有例外，凤凰台就显得既美丽又温馨，不过，也可能因为山下辟有郇家的祖坟。

郇家终于有了出头之日。相传明洪武年间，忽一日派人送来圣旨，宣郇大人进京赴任。郇大人出山不久，其女又被选中入宫，郇家双喜临门，不日便遵御旨全家离沂赴任，从此再没回来过。

如果说郇家在此居住的时间是元末明初，那2016年夏天的一次"考古"发现，将桃棵子的历史又上推了两个朝代。桃棵子筑路施工队在挡阳柱山后修路时，竟意外从一个山膀上挖出了50多枚古铜钱，这些锈迹斑斑的铜钱被县文物部门鉴定为唐朝钱币。这堆沉睡地下一千多年的旧币初见天日，没能在桃棵子待上一宿，便被文物管理人员带回了县里的博物馆。有人分析了两条理由，证明是唐代本地人所为。一条是如果当时这里未有人居住，如此荒野地方，一般是不会有外人钻到深山里来埋藏这区区五十枚钱币的。埋藏如此少量的铜钱，只能是当地住户为避险而临时处理的。第二条，既然埋藏，说明了它的价值所在。钱币的价值也就体现在当朝，改朝换代后便一文不值了。所以，可以认定唐代这里已有住户。

还有两件重要物证，在桃棵子西山朝阳洞以下的乱石中，前几年有人在这里发现了一个磨盘，一个碾盘，很明显这是当地百姓生活的必备工具。从碾盘的磨损情况看，如三两户用（这地方住不开几个人），没有个几百年是磨不到如此光滑程度的。但张家100多年前搬来时并未见这个地方有住户，就是再往前推郇家在此居住时，他们也没住在这个山坳里。那么，这个问题可以明了了，该住户至少在郇家到来几百年前的唐宋时期就住在这里了。搞不好那50多枚钱币就是他们的遗留，因为挡阳柱西山紧靠着朝阳洞，至于当年摊上了什么难事，只有天知道了。

再回到清光绪年间。经过多年的风雨砥砺，郇府的大片房子早已塌了，院墙也变成一堆堆乱石瓦砾，土地荒芜并长出了一丛丛的野桃树。意识到这里的确成了无主之地了，于是，邻村南墙峪的张姓村民一家老小大着胆子搬了过来，清理了断壁残垣，盖起新房，圈起篱笆墙，安下家来过日子。这时儿子问父亲，我们的新庄叫什么名字，总不能再叫南墙峪吧？张老汉仰头望了望四面山上的野桃树棵子，说了一句："就叫桃棵子吧。"

从此，沂水县版图上多了一个叫桃棵子的村庄。

藏兵洞

■ 张在召

在桃棵子村的西山坡上有一块巨大的山石，上面刻着"藏兵洞"三个大字。在青石的后面，在一道地堰上，有一片凸起的山石，上面长满了葛藤、蒿草，只要你走近仔细看，就会发现有一个小小的洞口，里面可以容纳两个人隐藏，这就是桃棵子著名的"藏兵洞"。在此洞西南六七百米的半山腰里，还有一个"藏兵洞"，它巍峨耸立，气势磅礴，却是一个红色文化主题宾馆。这两个"藏兵洞"，渊源相关，血脉相连，都有着一段动人的故事和不平凡的来历。

我们先说第一个"藏兵洞"。藏兵洞，顾名思义，肯定是一个藏过兵的山洞。故事发生在 1941 年的深秋，日本鬼子对沂蒙山抗日根据地实行"铁壁合围"大扫荡。八路军山东纵队司令部的一名侦察员在桃棵子村的挡阳柱山附近执行任务时，与进山"扫荡"的一队日本鬼子遭遇，在激战中，这名八路军战士身中五弹倒下了，日本鬼子以为战士必死无疑，捅了两刺刀便离开了。战士虽受了重伤，但没有死去。他静静地躺在地上，一阵深秋的凉风让他苏醒过来，他慢慢地睁开眼睛。天快黑了，侦察员用力想站起来，可是再也没有力气了。他用手摸了摸肚子，发现肠子已经淌了出来，便极力按了进去，用衣服勒紧了。他紧咬牙关，强忍剧痛，凭着坚强的意志，向着桃棵子村爬去。也不知道过了多长时间，战士终于爬到一户人家的门口，便再也没有力气，又昏死了过去。

这户人家姓张，主人叫张文新，妻子叫祖秀莲。祖秀莲在出门倒水时，发现了受伤的战士。当她看到眼前的这个"血人"时，惊得连水瓢都掉到了地上。她仔细看了一下战士，认清是一名八路军，便急忙把他扶起架到家里。她为战士擦洗包扎了伤口，战士慢慢苏醒过来了。后来祖秀莲给他喂水喂饭，用上山采来的草药为他疗伤，她还把家中仅有的一只下蛋母鸡杀了，熬成鸡汤喂养他，战士的伤慢慢好了起来。

当时日本鬼子在桃棵子村未走，他们在村里烧火做饭，还不时传来哇啦哇啦的叫骂声，整个村庄十分恐怖。村子的人们大都进山躲鬼子去了，只有祖秀莲一家因为丈夫张文新得了疟疾走不了而未离开。鬼子不时到各家各户搜查，把战士藏在家里，祖秀莲感到实在不安全，就唤来几个侄子，将战士抬到了西山大卧牛石下的一个岩洞里，并用石块和玉米秸把洞口挡上。洞里潮湿闷热，不通风，大小便的气味让人喘不过气来，可是祖秀莲每天都坚持来给他送水送饭，为他擦洗包扎。有一次，祖秀莲在给战士换药时，发现他腹部的伤口上爬满了蛆虫，这可怎么办啊？她忽然想到，庄户人家腌咸菜时缸里生蛆了，只要放上几片芸豆叶，蛆就会自己爬出来，她想用这个办法试试。可当时已是深秋，要找几片芸豆叶也是不容易。她四处寻找，终于在村东的菜园地里找到了几近枯萎的芸豆叶。尽管如此，她还是如获至宝，采了一些稍嫩点的，便急匆匆地回到山洞，用力拧下水来，滴在战士的伤口上。果然那些蛆虫慢慢爬了出来，祖秀莲又用艾蒿水擦洗了伤口，重新包扎起来。

这名战士在桃棵子村疗伤29天，光在山洞里就整整25天。在祖秀莲的悉心照料下，战士竟然奇迹般地活了下来。鬼子扫荡结束后，祖秀莲打听到在附近的中峪村（今高庄镇）有一个八路军战地医院，便和侄子们把伤员送了过去，继续治疗。

后来人们才知道，这名战士叫郭伍士，老家是山西省浑源县千佛岭乡小道沟村，1912年出生，1937年参军，1938年随东进部队进入沂蒙山，任山东纵队司令部侦查参谋，在激烈的挡阳柱西山战斗中，奉命侦察敌情时在桃棵子受重伤，后被祖秀莲救护，伤愈后又回到了他的部队，直到1947年复原。他复员后没有回山西老家，而是被分配到一个叫隋家店子（今属沂南县）的村子看粮库。他十分想念祖秀莲老人，历经八年终于在1956年找到了祖秀莲。1958年郭伍士携妻儿来到桃棵子村，认祖秀莲为母亲，给她养老送终，直到1984年去世。后来人们为了纪念这段故事，便把当年祖秀莲掩藏郭伍士的山洞叫"藏兵洞"，这就是第一个藏兵洞的由来。

祖秀莲后来被誉为"战争年代的红嫂、建设时期的英模"，桃棵子村也成了远近闻名的"红嫂故里""鱼水情乡"。今天，这个仅有652口人的村子却发生了翻天覆地的变化。村子开发了乡村旅游，前来参观的游客络绎不绝。前年，百名沂蒙老兵帮助建起了沂蒙红嫂祖秀莲纪念馆，随后又有了知青老屋、红色书屋、战时邮局等景点，还有一个个漂亮的小木屋、小石房，许多人家都开起了"农家乐"。村里成立了山东红嫂故里旅游文化产业有限公司，注册了"红嫂故里·鱼水情乡"品牌，开发了朝阳洞瀑布、崖壁观光火车等景点、项目。

旅游业的发展，带动了餐饮、住宿、购物等业态的发展。如今，村里在半山腰新建了一个宾馆，因为是一处主题酒店，又是以洞的外观出现，所以，也冠以"藏兵洞"名字。藏兵洞宾馆依山而建，环境十分优美，这里的森林覆盖率达70%以上，林区内以松树为主，冬夏常青。到了春天，连翘花漫山遍野，漂亮极了！藏兵洞宾馆坐落的位置简直就是一块"风水宝地"，它左靠"老龙窝"，右靠"虎家峪"，正前方是"凤凰台"，大有"龙腾虎跃、龙凤呈祥"的寓意。峙密河山溪自西北角顺凤凰台脚下奔东南方向，流出桃棵子村，直奔大沂河。藏兵洞宾馆西南角翻山过去就是沂南马牧池乡，西南角到正北方是夏蔚镇牛场子村，既是两镇交界，也是两县交界，大有"左右逢源"之意。

　　藏兵洞宾馆选址在原乡镇企业石英厂的一个废弃矿坑，沂蒙老兵、公司董事长鹿成增先生带领他的战友们多次考察论证，最后把宾馆选址定在这里，这样做既节约了土地，又排除了矿坑的安全隐患，还进行了山体恢复，更不失为一个带动发展的好项目，真是一举多得！鹿成增先生对宾馆建设倾注了大量心血，他多方筹集资金，多次到现场指导施工，保证了工程的正常顺利施工。藏兵洞宾馆的建设，是沂蒙老兵继捐建沂蒙红嫂祖秀莲纪念馆后的又一建筑，也是"百名老兵助老区"的又一大手笔，其意义非凡。

　　藏兵洞宾馆由泰安设计院义务设计，占地面积 1200 多平方米，2016 年 8 月 8 日正式启动建设，主体框架结构采用混凝土灌注而成。2017 年 5 月份主体工程建设完工，9 月份开始内部装修，预计 2018 年"五一"开始试营业。宾馆装修按照红色文化主题酒店的风格，外部装修主要采取假山石掩饰、绿化美化，体现洞窟风格为主，内部装修则突出红色文化主题，以红色书画作品、浮雕、内嵌橱窗等不同形式进行展现，同时展现一部分洞穴文化，让游客感觉新鲜、温馨、舒适。一楼有一个大型的自助餐厅、四个雅间、一个休息室、一个厨房，另有两个会议室，一个是能容纳 200 多人参加的会议室，另一个是能容纳 50 人左右的小型会议室；二楼共有 28 个标准间，全部以红色文化主题装饰，体现红色教育和人文关怀。公司还决定，在宾馆盈利后将拿出一部分利润用于贫困户的脱贫。藏兵洞宾馆为桃棵子村乡村旅游发展搭建了一个腾飞的平台，为村庄发展奠定了良好的基础，必将为桃棵子村的脱贫致富做出巨大贡献。

　　两个"藏兵洞"，一个承载着一段光辉灿烂的历史，一个寄托着未来美好前程的希望；一个是"军民团结如一人"的见证，一个是老战士不忘初心再续军民鱼水情的体现。就像两把火炬，照亮了桃棵子村，也照亮了百姓一颗颗永远向党的红心！

烽火战邮

刘海洲

在红色小镇院东头桃棵子村中大路东侧,有一排五间相连、坐东朝西,灰鱼鳞瓦屋脊、前出厦的仿古建筑,北头三间的门楣上,悬挂着一块上写"红色书屋"四个毛体红色大字的牌子,靠南头的两间门楣上悬挂的匾额上书的则是"战时邮局"四个绿色隶书繁体大字。

走进战时邮局,扑面而来的是一种陈旧岁月散发出来的尘烟气息和久违重逢的亲切感觉。北面山墙上除了一块文字说明和一幅抗战前的沂水县地图外,展示的是抗战时期山东省及其他各解放区的邮票图片。东面正墙上方挂着马克思、列宁和毛泽东、朱德四位革命领袖和伟人的照片,下面是战时邮局当年使用过的邮具照片。南墙上是一些战时邮局工作人员工作和生活时的照片,紧挨着一组放邮件的旧橱子。在东南墙角上,醒目地摆放着当年送信件和报刊使用过的自行车与木轮车……这些照片和实物,向人们再现了抗战期间我党和民主政权开办人民邮政的历史面貌,还原了沂水县邮局开创初期的艰难情景。

山东省的人民邮政事业,最早可以追溯到1938年年底。沂水县的人民邮政则肇始于1942年。

1938年12月,中共山东分局、八路军山东纵队在沂水王庄成立交通站，归山东分局交通科领导，这是山东战时邮局的前身。

为适应敌后战争环境，便利敌后抗日军民之间的相互联系，山东省战时工作推行委员会（简称"战工会"）于 1942 年 2 月 7 日在沂南县马牧池乡双泉峪子建立战时邮局。全省设山东省战时邮务总局，赵志刚任局长。各行政主任公署区设立管理局，各专员公署区设区邮局，各县设县邮局，各区或中心村镇设代办所。战时邮局是半营业性质的，主要业务为信函传递和报刊发行。

当月，沂水县战时邮局在金泉区横岭官庄宣告成立，凌敦甫任局长，张致晨任副局长，全局共 18 人，属沂蒙专区局领导，这是沂水县民主政府办邮政之始。战时邮局成立之初，在解放区内试办信函、包裹等业务，因处于准备阶段，不论党、政、军、民一律免费收寄，也没有什么业务规定，但是在完成交通任务方面，却制定了一系列规章制度。发行报纸是战时邮局的主要任务之一，沂水县战时邮局主要发行《大众日报》，将订阅或赠阅的报纸迅速及时地发行到根据地、游击区，发送到统战人士和开明士绅的手中。同时，邮局工作人员还担负着我党政军机关的情报传递任务。沂水县战时邮局的主要邮路是通往沂蒙区局。县内邮路通至姚店子、东里店（今属沂源县）和城郊邮务所各一条（通城郊邮务所邮路是秘密的），设在各区的邮递员再到指定的地点取走报纸和信件。同年 8 月，沂水县改为沂中县，沂中县战时邮局经常活动在沂水西南部一带。

县邮局下设许多邮政代办所，院东头有一个邮政代办所，唯一的工作人员是院东头村人任士俊。最初邮政代办所连间房子也没有，只在院东头逢集时，在集市上插一个"邮政代办所"的牌子，有寄信的就把信件放在这里，附近村的信件都是托人捎走的。据任士俊的儿子任恒立介绍：他的父亲是 1938 年入党的老党员，也是第一任村支部书记，入党介绍人是沂水早期党组织负责人之一的邵德孚。任士俊为掩护自己的身份和送情报方便，开了一间小杂货铺。新中国成立后，他还在邮局工作了多年，后调到供销部门去了。任恒立还介绍说，当时收发信件是明着的，送情报则由专人负责，为了掩人耳目，不被引起注意，负责院东头一带送情报的是关帝庙村一名叫姚春峰的腿有残疾的人。

从战火纷飞的 1942 年到 21 世纪的今天，沂水邮政走过了 75 年的发展道路，不仅邮局规模由小到大，而且邮政业务也发生了翻天覆地的巨大变革。但是无论怎么发展变化，水有源才能流淌，树有根才能长得粗壮茂盛，所以我们不能忘记当年战时邮局对革命事业的贡献，不能忘记当年从事邮务的先辈们。桃棵子村这处"战时邮局"的落成，使后人找到了沂水县乃至山东省邮政事业的"根"和"源"。

红色书屋

■ 山 泉

　　沂水县桃棵子村，是远近闻名的红嫂故里，鱼水情乡。在这个地处沂水边缘的山村里，不但有气派的沂蒙红嫂祖秀莲纪念馆，还有诸如红色书屋等众多红色文化项目，吸引着四面八方的学者、游人，成为名副其实的红色小镇。

　　红色书屋是红色小镇上一处引人注目的仿古建筑，它是山东能源集团于2016年援建的。书屋共三间，60余平方米，与"战时邮局"一墙之隔。设立红色书屋，是建设"鱼水情乡"为主要内容的红色小镇的需要。"在这个充盈着'沂蒙精神'和'红嫂精神'的红色文化氛围里，没有红色书籍哪能行？"在建设红嫂纪念馆之初，沂蒙老兵代表鹿成增董事长就提出了要建个"红色书屋"的设想，大家都表示赞成。

　　在布置沂蒙红嫂祖秀莲纪念馆，收集当年资料、文物时，有的同志面对祖秀莲在抗日战争时期冒着生命危险为抗大一分校保存的教材、书籍，深有感触地说，当年在那样艰难的情况下，我们的"红嫂"不顾个人安危，用心保管着组织上的书籍、文件，多年来从这个地窖转移到那个山洞，不断变换着藏匿地点，直到革命胜利了，我们的部队、机关都进了城了，她还是矢志不渝地坚守着这个今人不太理解的秘密，盼望有一天那位委托她的同志来把书取走。

虽然直到祖秀莲大娘离开这个世界时也没等到委托她保管书和文件的人，但有几本纸张泛黄的革命书籍还是被保管至今，陈列到红嫂纪念馆里。这说明祖秀莲他们那一代人对组织的忠诚和极强的责任心，也说明了老区群众爱党爱军的思想是那么始终如一。这些从旧社会过来的人虽然大多不识字，但他们把这些印刷品看得如此神圣，这是对文化尤其是革命文化的一种尊崇。社会发展到今天，我们为什么不建一处书屋把我们的红色书籍和大娘保管的书一起向群众展示，向来客推介这些正能量的出版物呢？

机会来了，当这个"红嫂故里、鱼水情乡"的红色小镇正如火如荼地开始建设时，桃棵子村挂职第一书记杨传信所在单位——山东能源集团决定出资建"红色书屋"和复原"战时邮局"，为建设红色小镇增添力量。这也是该单位为桃棵子村投资架设50盏路灯、新建村会议室后，又一次伸出无私援助之手，令桃棵子干部群众感动不已。

如今，青砖青瓦的"红色书屋"已然落成，古香古色的门匾上镌刻着四个"毛体"红字。进到书屋，仿佛置身于一个红色文化的海洋，只见迎面靠墙宽大的书橱里，摆放着各个时期的传记、小说、散文、诗歌、音乐、美术等各方面的图书。在这里，一些通俗读物可能难寻，但具有红色符号的、充满正能量的图书确保应有尽有。游客可以挑选购买，也可以现场借阅，在正面一溜八组书柜里，琳琅满目地摆满了新书，这是从沂水县新华书店进的书。红色书屋建成后，景区负责人与县新华书店联系并达成协议，今后书屋经销的图书由县新华书店供给，当然，主要是符合红色书屋销售的"红书"。现在来到书屋看到的有关党的历史、人民军队发展史、党建读本、政治理论书籍，以及党史人物传记等等，都是新华书店给挑选的。

在右边靠墙的钢化玻璃罩着的书柜里，陈列着数百册多为半个世纪前的图书。有政治的、经济的、军事的、文学艺术的……

看着这些半旧的各种图书的封面，似又回到了激情燃烧的岁月。书柜中陈列的党章，最早有 1945 年中共七大通过的党章，各个时期的马列、毛主席著作，各个时期的党建材料，五六十年代的青年励志书刊，中华人民共和国成立十周年文集，工、农、兵、学、商各行各业的政策、法规和典型资料。游客们大多更青睐文学艺术，常常在小说、音乐等书籍展柜前驻足。展柜中的小说主要是20 世纪五六十年代出版的作品：一是革命战争题材的，如《红旗谱》《青春之歌》《铁道游击队》《苦菜花》《林海雪原》《铜墙铁壁》《红日》《红岩》《上甘岭》等。二是社会主义革命和社会主义建设时期的，如浩然的农村"三部曲"《金光大道》《艳阳天》和《苍生》，描写典型人物的《向秀丽》《欧阳海之歌》等。此外，还有很多激情四射的歌曲、曲艺、戏剧、美术作品，以及《新华文摘》《新华月刊》《红旗》《解放军文艺》和《大众电影》等众多珍贵的刊物。据说，这些珍贵的"红书"是本县一位老同志贡献的个人收藏。

红色书屋内设了四张木桌，以方便游客在此读书、喝茶、小憩。

来到红嫂故里，鱼水情乡，请一定去这间红色书屋转转，说不定能在此淘到你要找的好书。

知青老屋

靳 群

从红嫂祖秀莲故居沿着被称作"红色小路"的碎石小道向西，攀上一个石阶陡坡就是一条南北贯通的大路，这条路叫院夏路，是院东头镇通往崀石路上夏蔚镇的唯一通道。在院夏路路西，有一处石墙红瓦的四合院，这便是游客特别青睐的知青大院，也叫"知青老屋"。

其实，这个大院并不是当年知识青年所住的独立院子，当时是村里的综合大院，如正堂屋是大队办公室，西屋是"青年之家"，那时叫政治夜校，东屋是供销社设在大队的代销部，堂屋东西两头的"挂屋"才是当年知青住过的房子。

当你走进这所大院，半个世纪前的农村景象和激情澎湃的气氛扑面而来。一进大门，迎面是一座农村家庭常见的影壁墙，影壁是由石头砌成，在用石灰抹平的墙壁上，一幅表现社员和知青们上山劳动场面的宣传画还若隐若现，影壁墙的背面，是一首仿毛主席手书《七律登庐山》。斑驳的字、画向人们诉说着逝去的沧桑岁月。

踏着碎石板铺成的甬道，走进大队（村）办公室，眼前看到的是一色的"老物件"。墙上的宣传画、奖状、文件，桌上摆的账本、算盘、油印机、手摇电话，甚至茶具、音响，都是货真价实的"藏品"。首先映入眼帘的是一套 60 多年前的宣传画——《沂蒙在前进》。据说,这套国家表彰的 10 个全国治山治水典型的宣传画,地区一级被选入的全国只此一家,画中几乎囊括了临沂地区各个县的治山治水典型。如毛主席题词"愚公移山,改造中国,厉家寨是一个好例"的莒南县厉家寨大队的治山工地;沂水县组织群众兴修跋山水库,改造、治理荒山等农田水利建设项目,沂水县夏蔚镇的牛角崮、高桥镇的柳子沟等水利工程都有清晰的现场照片,让参观者唏嘘不已。学雷锋专栏、计划生育专栏、墙上挂的各种上级文件,使观者犹如回到了几十年前。

跨过一道小门,进入当年知青的房间。一张桌子,三张床,几只箱子,它告诉人们,这里曾经住过几位从城里来的知识青年。据说,屋子的设置与当年基本一样,那张靠北墙公用的小桌子上,一台半导体收音机,三只搪瓷茶缸,一盏煤油灯,一个手电筒,墙上挂的绣着"为人民服务"的草绿帆布包……尽管那个时代已渐渐远去,但当年的痕迹还历历在目。知识青年的屋子,书是必不可少的,靠东墙立着一个简易的书柜,里面摆满了政治读本、知青必读、谈青年思想与前途的各种书籍。这间屋子特别让曾经的知青动情,不少知青游客都说在这里会找到他们当年插队时知青点的影子,有的提出要在床上坐坐,有的指着墙上一幅画,说当年他的床头上也挂了这一幅。更多的是打开手机、相机在此留影纪念。

西屋是政治夜校,是当年青年们(包括村里所有青年)在此学习、娱乐的地方。北山墙上挂着毛主席画像,画像下边是一面水泥黑板,黑板两侧是两幅红底白字的毛主席语录,黑板上抄写着现代舞剧《沂蒙颂》插曲《愿亲人早日养好伤》的词曲,爱好唱歌和喜欢这首歌的这时都会情不自禁地吟唱起来,众人随便就可以组成大合唱,热烈的气氛一下充满了屋子。一曲唱完,人们把目光同时投向了琳琅满目的图书。立在西墙上近 10 米宽的书架摆满了各个年代的书籍,有马列、毛主席著作,有社员政治读物，有文学艺术类的，还有多种报纸杂志，品种之多令人目不暇接。尤其是文学部分的数十部小说，让很多游人非常震惊。许多当年的知青也不无遗憾地说，他们当年读的书可没有这么多。事实的确如此，在没有电视、互联网，一年看两三场电影的乡下，读书成为青年们的主要文化生活，出版的图书刚一上架就被抢购一空，加之经济拮据，多数人读不到新书，读书往往靠借，借书成为那个年代读书学习的主渠道。当然，只凭借，其局限性就大了，借到的可能反复读几遍，借不到的只好留下遗憾，一本书不知要经过多少人的手。所以，凡收藏的那个年代的图书，多是脏兮兮的，不是少封面，就是缺页，这从另一方面看也确实是物尽其用了。

这间屋子的南头是一堆年轻人学习的场面，确切地说是五尊知青蜡像。这是恒源兵器科技公司董事长鹿成增和他的百名战友，来桃棵子为红嫂祖秀莲建纪念馆时定制赠送的。知青蜡像二男三女，身着20世纪70年代的服装，留着当年的发型，正围坐在一起学习，其专心致志、聚精会神的神态栩栩如生，游客来到跟前都举起了相机，很多人还提出要坐在书桌旁与"知青"合个影。

东屋是计划经济时期的供销社代销部。那时，每个村都要设一处这样的供销社代销部，由本村一名社员任售货员，从公社供销社进一些油盐酱醋等生活用品及小百货出售给社员，并负责为国家收购鸡蛋、全蝎等当地特产及药材，除买布需要到几里路外的大门市外，社员群众的基本生活需要可不用出村就能解决。当然，这里也是知青们唯一采购生活用品的"商场"。如今，代销部早已被林立的乡村小超市所代替，经营项目上已不再具有代购代销功能，商品的品种数量也与当年不可相比。在这间老房子里，当年代销部里那些吃的用的小商品是难以找到了，只是在货架上象征性地摆了些当年的盆盆罐罐、茶壶陶碗、挂画镜子等保存下来的物品，玻璃柜台里还能看到当年购买商品的票证等。尽管东西不全也不多，但也足以勾起观者特别是 50 岁以上人们的怀旧情感，久久不忍离去。

　　这个大院堂屋的东"挂屋"，是一处小型展室，门牌上写着"广阔天地展室"，可以看作是这个大院内容的总结。展品介绍了从 20 世纪 50 年代开始的知识青年上山下乡、支边历史，展示了知识青年董家耕、邢燕子等众多上山下乡的先进典型。同时，也介绍了老一辈领导人对知识青年的鼓励和期待。

"赤脚医生"之家

■ 陈　莹

　　沿着蜿蜒起伏的院夏公路来到红嫂故里桃棵子村，你会发现在村子中央那个近乎九十度的急转弯上有一处挂着门匾的普通平房，木制的匾上写着"赤脚医生之家"6个大字。"赤脚医生之家"室内完全是20世纪70年代村卫生室的布置：老式的药橱药柜，陈旧的药箱药瓶，碾中药的石碾等一应俱全，特别是看到那个写着"红十字"的背带药箱，会让人们的记忆瞬间回到过去的岁月里。

　　"赤脚医生之家"的主人是一对60多岁的夫妇。丈夫叫郭文举，他是"沂蒙红嫂"祖秀莲救助的八路军伤员郭伍士的二儿子，自1958年跟着父亲来这里落了户，已成为地地道道的桃棵子村民；妻子叫张在梅，自小在这个村里长大，年轻时当过16年的"赤脚医生"。因为张在梅有过当赤脚医生的经历，又嫁给了战斗英雄的儿子，她年轻时就有了一段让人难忘的故事。

当"赤脚医生"为咱庄户人服务，很光荣

　　1971年张在梅18岁，初中还没毕业，大队里就把她"要"回来当赤脚医生。当时，上学没上够的她有些想不通，她觉得还是

先完成学业才好。可父亲张道绪却十分赞成她当赤脚医生。说："初中生在这山旮旯里也算知识分子了，叫你当是培养你，你能当好就不错了。"来她家串门的郭伍士也说："当赤脚医生专门为咱庄户人服务，很光荣。"听了两位长辈的话，张在梅便不再犹豫，高高兴兴地去了大队卫生室。

那时村里的卫生室很简陋，一张桌子一个橱子，几瓶常用药，一个小药箱。小药箱里有红汞、紫药水、药棉等。到卫生室后不几天，她就参加了公社举办的赤脚医生培训班。讲课的有解放军146医院的医护人员等，教材是《赤脚医生手册》。学习班结束后，她背起小药箱走街串户，成了村里第一个公家培养的有一点卫生常识的"医生"。

那是个农村缺医少药的年代。为此，1965年6月26日，毛泽东主席发出了"把医疗卫生工作的重点放到农村去"的号召，并指示"培养一大批'农村也养得起'的医生，由他们来为农民看病服务"。这些土生土长的"庄户医生"，身背药箱，肩扛锄头，不脱离生产，为老百姓上门服务，被人们称为赤脚医生。20世纪70年代有一部电影《红雨》，就反映了当时农村合作医疗、赤脚医生的状况。正像影片插曲《赤脚医生向阳花》歌词里说的，"出诊愿翻千层岭，采药愿登万丈崖"。为了能为乡亲们解除病痛，桃棵子村支部组织起一帮人到山上去挖中草药。当时是一个生产队出一个"识字班"（沂蒙山区对未婚姑娘的称谓），由张在梅领着到山崖边、野草坡、地堰子上去采药，采的药有茵陈、柴胡、远志、黄芩、丹参、金银花等，不论谁有了小毛病，感冒发烧、腹胀腹泻、咽炎咳嗽等，就对症免费送一些，煎成汤汁服用。这些土方、草药在当时确实发挥了很大作用。当然，她还要到公社医院进土霉素、四环素、阿司匹林等一些西药用于急症患者。

得让英雄的儿子娶上个好媳妇

当上了赤脚医生，张在梅干得很卖力气，参加学习，走街串户为大家服务，人人都夸张在梅是个好姑娘。转眼几年过去，到了婚嫁的年龄，书记张恒军有意保媒把她嫁给郭伍士的二儿子郭文举。郭伍士自从认了红嫂祖秀莲为娘，在桃棵子村落户已经多年了。因为郭伍士是远近闻名的战斗英雄，他的事迹被作家写成了书，演成了戏，张在梅从小十分敬重他。郭伍士二儿子郭文举与她从小一起长大，知根知底。可郭伍士毕竟受伤致残不能劳动，郭文举兄弟姊妹又多，日子过得紧巴些，张在梅不免心里就有点疙瘩，她把自己的想法告诉了父亲。

父亲张道绪也是个老英雄，参加过孟良崮战役，与郭伍士一样，是二等乙级伤残军人。父亲知道从战争的死亡线上滚出来的人有怎样的想法。他对女儿说："在梅，郭伍士是残废军人，我也是残废军人，咱两家是一路人，当年都是跟着共产党打天下，受了伤，没怨言，不后悔。我知道郭伍士家日子紧，可再难他也不愿意向国家伸手。郭伍士家在山西，他找了八年才找到你老奶奶，这说明他是有情有义的人啊。他家老二人品好，我就同意恒军书记说的：'得让郭伍士的孩子娶上好媳妇。'再说，你嫁过去离着娘家近啊，有难处我和你娘帮着你。"父亲的话把张在梅说哭了，她答应嫁给郭文举。

正如父亲说的，郭文举脾气好，能干活。不论张在梅干赤脚医生还是当妇女主任，他都很支持。有一次，快晌午了，张在梅刚要回家吃饭，本村的一个大哥一头汗地来到卫生室，捂着肚子说："肚子疼得受不了了，走不动了。"张在梅看他面色蜡黄，满头冒汗，检查腹部很硬，就说："可能是叠肠。这个病我处理不了，赶紧去医院。"那时还没修好路，不通车，病人又走不了路，怎么办？张在梅就跑着去喊来郭文举，发动着12马力拖拉机，把病人扶到后拖斗里，送十公里外的公社医院。

通往公社的路是土路，坑洼不平，郭文举看到病人疼得厉害，就不顾路颠加大马力使劲跑。病人在拖拉机的后斗里颠来颠去，前仰后合停不住，还没到医院呢，只听病人喊："停下，停下！"郭文举说："坚持着，快到了。""停下，不用去了！"郭文举停下车，那位大哥说："甭去了，我好了。""好了?!"原来拖拉机的颠簸歪打正着把叠肠给颠好了。

1977年，张在梅与郭文举结婚，到今天他们已经一起走过了40年。

永远的"赤脚医生"

从18岁到35岁的16年里，张在梅采药进药，为村里人看病疗伤，专业知识、医疗技术都有了很大提高，乡亲们信任她、支持她、理解她。她的公爹郭伍士常说："我转业不回老家落户桃棵子，是为了感恩再生母亲，我也希望我的后代把感恩'家风'传下去。"他对二儿媳张在梅能为大家诊病疗疾非常满意，鼓励她一定为乡亲们好好服务。

让张在梅永远不能忘记的是给祖秀莲看病的事。那时她还没结婚，论张家的辈分喊祖秀莲老奶奶。每当祖秀莲感冒发烧或身体不舒服，张在梅都细心为老人家诊疗。每当张在梅给她打了针后，总是反复叮嘱好怎么用药，怎么注意调养，并且每天都要专门过来看看。祖秀莲对这个自家出息的医生非常满意，每次总是留她再坐会儿，拿出一些好吃的让她吃，还半开玩笑地说："找婆家可别找外村了，咱村人可离不开你这个'大夫'！"说完自己先笑了。几年后张在梅不但嫁到了本村，而且是给她救助的八路军伤员郭伍士做儿媳妇，也就成了老人家的孙媳妇。只是他们结婚不久，86岁的奶奶就去世了。又过了7年，公爹郭伍士也因病去世了。

几十年过去了，张在梅由一个小姑娘到两个孩子的母亲，再到现在儿娶女嫁成了祖辈，他们的生活发生了很大的变化。不变的是，张在梅夫妇始终记着祖母、父亲的教导和嘱托，并在心底默默坚守着，尽力当好红嫂精神的传承者。

随着医疗改革和新农合的实施，农村现在乡镇有医院，村村有乡医，那些缺医少药的日子过去了。张在梅只有初中文化，在医改中因为文化底子薄及家庭的拖累，她放下了药箱，又当上了村妇女主任。她虽然不再行医了，但是，不论左邻右舍谁用到她，她都会尽力帮助。她和老伴经常爬山采一些中草药，晒干备好，哪个乡亲用着了就推荐一些中草药的土方子，或送上一些新鲜的中草药。乡亲们都说，在梅还是当年那个热心助人的"赤脚医生"，不愧为"沂蒙红嫂"和革命军人的后代。

拳头山与鼓石块

■ 戚玉庄

桃棵子山峪西高东低，全村十多个自然村，200多户人家散落在山峪西、北、南三面山坡上。夏季雨水从山坡汇入山下谷底，形成山溪向东流去，这里山高林密，植被丰茂，红瓦粉墙的农家院落随地势而建，高低错落，自然和谐。巨石古树，小溪流水，让初来乍到的外乡人，感到一派世外桃源的景象。

拳头山地处桃棵子山峪的正北方，是一座自西向东走向的大山中向南突出的三座山脉的中间一座，山脉由形似拳头的巨大赭红色花岗岩石块自然堆积而成，故名为拳头山。

从远处看，无论从山形还是山色，拳头山与周围相邻的山相比都有明显的区别，特别是冬季，草枯叶落，尽显山的本色，周围群山大多山色灰黑，山势平缓，林木覆盖。拳头山则是山色赭红，山势突兀，巨石间鲜有树木，像是一座巨大的园林里人工叠石形成的假山，在周围的群山中格外显眼。

走近拳头山，才被它的气势所震撼。巨大的赭红色的石块相互叠加堆积，有的伏，有的仰，有的昂首，有的欲坠，奇险怪异的姿态，让人感叹大自然的鬼斧神工，让人联想到古代园林建造中叠石成假山来追求真山意境的渊源，眼前的拳头山就是造园师们追寻的"横看成岭侧成峰"的一座真山范例。从山脚向上望去，这无数的巨石积压在一起形成的大山，尽管历经千年万载相安无事，却让人感到随时都有山崩石滚的危险。

山脚下的一块公示牌验证了这个担心。2016 年 5 月，由市、县财政出资上百万元，国土部门勘察并组织施工的拳头山山体崩塌地质灾害治理项目工程已完工。工程对山上危险岩体重点加固，对所用水泥等材料进行仿自然石处理，在颜色和施工上不露痕迹，不影响生态景观，对不稳定崩落体进行清除卸载，避免了部分危险岩体在特殊气候条件下对附近村民及游人造成危害。

从山脚下登山顶是没有现成山路可走的，只能拨开长在巨石间的灌木杂草向上曲折前行，每向上一步都十分费力，不是被巨石挡路，就是被荆棘缠身，有时还要在巨石间跳来跳去才能迂回前行。来到山半腰、置身巨石阵中，眼前的巨石有的如成群石猴嬉戏打闹，有的如孤猴立身远眺，有的像老僧打坐，有的像巨龟探海，形态各异，景象万千。登上山顶，一条陡峭的山脊出现在眼前，山脊北高南低，似一把巨大的钝刀刀刃向天摆放，难怪当地村民又叫拳头山为刀刃子山，真是名副其实。站在山顶向山下望去，漫山遍野的巨石如同无数猕猴，从颜色到形态都十分形象，仿佛来到了《西游记》里的花果山。这千奇百怪的巨石构成的拳头山，如造物主不小心打开了造山的潘多拉盒子，一下子涌出了这么一大堆怪石，圆形的石头阻力小，跑得快，跑到了前面形成了山前部分，有棱角的石块阻力大跑得慢，留在后面，形成了山的后半部分，虽历经沧海桑田，拳头山依然是当初形成的模样。

拳头山的峰顶大约近百米长，全部由垂直的山岩构成，两边是悬崖峭壁，似斧劈刀凿一般，窄处只能供一人通过，胆小的人只好在上面爬行通过。有峭壁自然少不了奇松，峭壁缝隙中生长的奇松与山岩相伴生长，更增添了山的壮美。山风吹来，松涛阵阵，置身峰顶，头顶蓝天白云，极目远望，令人心旷神怡，与登临名山奇峰有着共同的感受。

站在拳头山顶峰向南望去，远处群山环抱，层峦叠嶂，后有主山依靠，左边是东山，右边是凤凰台山相抱，前面挡阳柱山横卧在前，山的东西两边各凸出一小山峰，中间平坦，像古典家具中的翘头案桌，是理想的案山。在古代能用翘头案桌者，必有不凡之地位。山脚下不远处，有一自西北而东去的山溪环绕，按中国传统地理观点来说，拳头山坐北向南，后有靠山前有案山，中间有玉带流水环绕，左右两山拱卫，占据了极佳的地理位置，当属此地的主山。站在对面山上看拳头山，无论形状和颜色，都像一头俯卧沉睡的雄狮，与周围其他山相比，拳头山并不高大秀美，周围其他山再高大秀美，因不具备上述条件，只能是属山、配山和从山。

拳头山因由像拳头样子的巨石构成，故名叫拳头山，因山顶陡峭似刀刃，又名刀刃子山，这两个名字都体现了该山的英武气魄。从它所处的地理位置和名字联系到桃棵子村的红色历史、英勇历史，以及与百名老兵结缘，这一切似乎是冥冥中注定的，或许是一种巧合，更是一种必然。这也体现了中国传统文化的魅力所在。当年日本侵略者之所以在这里吃败仗，这一带能成为八路军的根据地、大后方，就不难理解了。

在拳头山下东南角，曾经有一块独立的巨石，估计早年是从山上滚落而来的。据附近居民讲，巨石似鼓形，直径大约三米，高约两米，巨石上部有一横向石缝，看起来像是盖了一层石板，用石块敲击顶部，会发出"咚咚"的鼓鸣声，大概是石缝内部有空隙形成音腔的原因。村民把这块巨石形象地称为鼓石块，附近老人说起小时候爬上鼓石块玩耍敲击的情景，充满了留恋。改革开放后，鼓石块被村民就地取材，分解成石料后用来垒墙盖房，现在已经不存在了。鼓石块原来的位置，如今被一片农家院落所占据，这片农家院落因石得名，也叫鼓石块。

随着桃棵子村红色游、生态游、乡村游的兴起，桃棵子村的村容村貌有了很大变化，建起了红嫂祖秀莲纪念馆、拥军广场等一些红色文化场馆，硬化了村中的大街小巷，实现了户户通水泥道路。这个过去偏僻寂静的山村，如今也热闹起来了，操着不同乡音的游客，漫步在村中的胡同小巷，寻访当年红嫂祖秀莲、英雄郭伍士的遗迹，感受红色文化的魅力，探秘周围青山绿水的新奇，回归自然，感受乡愁。

上级有关部门除了对拳头山的危岩进行除险加固外，还对整山实施绿化美化，在巨石之间、裸岩空隙栽植了连翘、海棠等观赏植物和树种，山脚下的水泥路与全村旅游线路连为一体，为游客登山提供了方便，不久的将来，拳头山将以新的风采向世人展示。

印象老猫窝

■ 王述文

　　桃棵子村东北有座山，形状奇特，看上去像一只老猫趴在荒郊野外。猫是百姓喜欢的动物，于是，山下的村子便起名叫老猫窝。临近村有的人曾觉得这个名字太土、太丑，劝其另改个文雅一点的名字，但老猫窝的百姓却反驳说，人起名还阿猫阿狗的呢，此名字是根据大山的特点起的，叫老猫窝有什么不好？

　　听到这个名字，许多人曾主观地想象老猫窝是个地处边远深山、人迹罕至的不毛之地。错了！老猫窝是个山清水秀、人杰地灵的好地方。这还要从当地的环境和历史上出现的两个不同凡响的人物说起。

　　一位是老猫山东侧的许家峪，曾出过一位闻名全国的老中医刘惠民。他自幼酷爱学医，幼时拜本村中医李步鳌为师，深得其传。20个世纪20年代又赴奉天，在名医张锡纯先生创办的"奉天立达中医院"学习；两年后，考入全国名医丁仲祜主办的"上海中西医药专门学校"学习，毕业后回归故里。在家乡，他继续刻苦钻研中医医学，医术之精湛名冠一时。1931年"九·一八"事变后，他积极参加抗日救亡活动，在沂水县西部山区办起了"沂水县乡村医药研究所"及"中国医药研究社"，招收学员36人，自编教材，亲自授课，"培植是项专业人才，供国家急需"。刘惠民于 1938 年参加八路军，任山东人民抗日游击第二支队医务处主任。1940 年春，他被部队秘密派回地方工作，在沂水县许家湖镇开设药铺，为抗日军民暗中筹集医药用品，并亲自研制出疟疾灵、金黄散、救急散、救急水、牛黄丸等一百多种成品药。这些药物被秘密运往各抗日根据地后，疗治了很多抗日军民的伤病，为抗战大业做出了贡献。

新中国成立后，刘惠民竭力为发展祖国的中医事业奔波，经他倡导、筹备，先后建立了济南中医诊疗所（后改为济南市中医院）和山东省中医医院。刘惠民著述较多，生前由其学生整理编写《刘惠民医案》。主要有《中西混合解剖生理学概要》《中西药物学概要》《中西诊断学概要》《战地临时医院组织概要》《麻疹和肺炎的防治》等。尤其值得一提的是：1956 年，毛泽东主席在青岛视察期间患了重感冒，多次治疗不愈，经他诊治后很快痊愈。毛主席为此称赞说："近三十年没吃中药了，这药很好。" 1957 年，他作为毛主席的随身保健医生，随同访问莫斯科，并为苏联领导人诊病。此后，他又在北京、上海、广州等地，多次应邀为毛泽东、周恩来、刘少奇等党和国家领导人及外国友人诊病。历任山东省卫生厅副厅长兼山东省中医医院院长、山东省中医药研究所所长、山东中医学院院长、山东省中医学会理事长，当选为第二、三届全国人大代表和山东省第三届人民代表大会代表。

另一位是在老猫山西侧的北院，现在是桃棵子村的一个自然村。这里依山傍水，背风向阳，聚气藏风，风景独好。春来野花百鸟，夏至凉风习习，秋到山果丰硕，隆冬蜡像卧雪，天赐一处人间仙境。更了不起的是，相传明代初期，在北院居住的郇家养育了一位貌美如花的姑娘，被皇宫选中做了妃子。临行的时候，因为北院村山高路陡，出行不便，于是就先把郇娘娘接到了地势较为平坦的姜家坪村，在那里发的嫁。这一代还流传着有关郇娘娘出嫁的一个小典故：说郇娘娘从姜家坪上轿时，裤子被路边的棘子挂住了。娘娘说：怎么挂我的衣服呢？钩直着不行吗？受了郇娘娘的批评后，从此，姜家坪一带的棘针钩就直了，再也没有弯钩的了。因为郇家出了个妃子，皇恩浩荡，此后郇家的人就不再在桃棵子北院居住了，全部搬进京城居住做官。如今在桃棵子凤凰台下的地里还有郇家祖先的两座祖茔，人们称其为"郇家林"。

往事如烟，郇家人离开桃棵子后，北院很长时间没有人居住，一切归于平静，便一天天荒凉起来。直到清光绪年间，南墙峪的张家有几位乡亲迁居到桃棵子居住，大山从此才又醒了过来。因为北院地处桃棵子最好的地段，背靠四脉山，脚蹬峙密河，得天独厚的条件使北院在桃棵子各自然村中率先发展起来。老人们都记得：北院有个大户人家在闺女出嫁时，不仅陪送嫁妆丰厚，而且是骑着高头大马走的，引起周围自然村百姓的羡慕，传为佳话。

风水宝地谁都能够看中。北院山环水绕，背风向阳，春天来得早，冬天却不十分寒冷，又地处大山深处，离城镇较远，一时竟被一些好赌之人看中，在北院后山腰开起了赌场。赌博之人不管输钱赢钱，都需要消费，因此吸引了一些做小买卖的商贩和开饭馆的人来此做生意。赌场、商场互为寄生，两者都越来越兴隆，一时成为神不知鬼不觉的一方营生热土。

常言道：林子大了，什么鸟都有。后来随着来这里的人越来越多，事情就变得复杂起来。有一年，在北院的后山上发生了一起命案，有人在山上被杀了。人命关天，村人向官府报了案。县官带人来此破案，查看了周围山川地理，了解了当地的民生社情，经过反复揣摩推演后，目光盯上了离桃棵子最近的两个最大的村庄。一个是四脉山后的甄家疃，一个是四脉山前的望仙院。两处村大人多，社情比较复杂，有可能是这两个村的坏人干的。但到底是哪个村的人干的呢？县官想出了一个办法，实地丈量两个村到出事地点的距离，哪个村离桃棵子北院近，就可能是哪个村的坏人干的。实地丈量的结果是：望仙院离杀人现场七里路，甄家疃离杀人现场八里地，县官便把望仙院村认定为第一嫌疑。最后，破案的结果并没有公开，因而无人得知，但望仙院和甄家疃离桃棵子"前七后八"的成语却流传了下来，成为人们茶余饭后的谈资。

北院逸事多多，但时过境迁俱往矣！时代的车轮转到 21 世纪，如今的北院村进入了发展的新时期，一条弯曲有致的沂蒙公路从北院西侧经过（北通济南、淄博，东接东红公路），通向南北。闭塞千百年的桃棵子村走上了一条旅游扶贫发展的新路。因为这里是全国著名的红嫂——祖秀莲的故乡，慕名而来考察、参观旅游的人络绎不绝。看到这千载难逢的大好商机，头脑灵活的北院村民便在自己祖祖辈辈生活的家园里开起了饭店、旅馆，每天迎接着来自四面八方的客人。北院后面的山上桃红柳绿，苹果、山楂等各类果品散发着诱人的芳香；北院周围水库塘坝星罗棋布，公路蜿蜒其间，峙密河的两个源头分别从东旺、西旺两个方向流来，在北院村前汇合后向下游流去……特别在春季，山上桃红李白，山下炊烟袅袅，山谷里回荡着雄鸡的阵阵引吭高歌，一幅天祥人和的太平景象。

东、西桃棵子探究

■ 曹学同

到过桃棵子的人都知道，桃棵子村虽然不大，但全村有 16 个自然村，各个村都有自己的名字，这其中就有东桃棵子和西桃棵子。东桃棵子地处老猫山和转山子夹角位置，人民公社时期是一个生产队，现有 20 余户人家居住。此地倚山朝阳，冬季温暖如春，山间风景优美。西桃棵子在四脉山前老龙窝山背，这里山坡略陡，森林密布，暂无人家居住，只有几户经营饭庄的人家依山傍水开了几处特色餐馆。

"桃棵子"三个字本身就是这个行政村的名字，为什么村内还有两个自然村也叫桃棵子呢？看看其他自然村，虽然也都有自己的名字，但他们都是依据所处的环境、方位或直接采用现成的地名起名。如东坪、西地、河南、鼓石块、杏树底、北院、老龙窝、东崖、前洼子、西崖等等，叫桃棵子的唯有东、西桃棵子。到底是什么原因？对照别处无外乎以下两种情况：

一是因桃树起名。当然了，桃棵子当年就是依据这里野桃树多而得名，好像无须再做什么解释。但既然有东、西桃棵子这个响亮的叫法，就可以判断为当年张家搬迁过来时这两个地方的桃树最多、最密集，为区别不同方向的桃林，桃棵子人把两大片桃树称为东桃棵子和西桃棵子。现在桃棵子人也把东、西桃棵子叫东旺、西旺。沂蒙山区很多地方把土层较厚、树木生长茂密的山坳称作山旺。用"旺"字定名也有它的特定含义，单从字面上看"旺"字，则是太阳晒得最多的地方，万物生长得快；从字义上说，其含意是兴盛。旺字无论怎么用，都寄托着一种美好的心愿，那就是运旺时盛、兴旺发达。所以，东旺、西旺的桃树比其他地方长得好那是理所当然了。

二是桃棵子最早的村址。从名称看，这里应该是其他自然村还未形成时，居民最早的居住点。特别是东桃棵子，不但地理位置优越，而且是传说中郇家大户在此居住的地方，因此张家初来这里肯定是首选地。至于为什么还分东、西桃棵子，那是因为后来人口繁衍多了，需要分出去一部分住在其东边或西边，这就有了东、西（南、北）村之说。从沂水县的地名看，有一户一村后来因人口变化分两村或数村的，也有新立的村子随近村名字起名的。如按方位起名的东、西郭庄，东、西朱陈，南、北门楼等；按地势起名的崖上、崖下，上峪、中峪、下峪等。但无论东西上下，都是由一定的缘由而形成的。

经过调查分析，以上两种情况似乎都不是。

这里有一个明显疑点，既然形成了东、西桃棵子，为什么西桃棵子没人居住？并且从其所处位置看，比起本村多数自然村的条件来说，这里坡陡也不向阳，根本不是理想的居住地，察看山上山下，也没有发现曾经作为村居的明显痕迹，莫不是桃棵子人本来就搞错了，这里并不是西桃棵子？

前些时一个新的发现，间接印证了笔者的猜疑。

听 72 岁的村民张道森介绍，在老龙窝向南一百多米的朝阳洞下，水帘洞旁，前几年有村民将一堆堆大石头加工运出建房，不经意间，在石堆的下面，发现了古老的磨盘、碾盘各一件。这一发现似乎可以辗转找到答案了。

大家都知道，在沂蒙山区的农村，磨和碾是每个家庭生活的必备工具，这种历史悠久的传统和习惯，一直延续到 20 世纪 90 年代，自农村普及用电后，解放了生产力，磨和碾的功能才陆续弱化，但至今还没有完全退出历史舞台。从这两件石器的磨损程度看，使用的时间不下一二百年（按一至三户用推算）。可以肯定的是，这磨盘、碾盘不会是村人把旧磨盘、碾盘运到山上玩的，因为这是在山半腰，比村中心地带要高上海拔一百多米呢，谁闲得费那天大力气把它拖上山啊！只有一个可能，曾有人家在这里长期居住，为了生存，才不惜一切代价，买来碾、磨（因当地的石头不能做碾、磨），雇人把它们弄上山来。这在当时，应是一个需众人参与的大工程。

由此，东、西桃棵子的概念应该是这样形成的：张家的先人来到这里后，发现了朝阳洞附近曾经住过人，很可能房舍还有残存。虽然只是弹丸之地，可毕竟是住过人的地方，他们在称呼这个略偏西南的老宅时就顺口叫它西庄（村），在后辈或外人看来，西庄就是桃棵子庄的西庄，那也该叫西桃棵子，所以就这么叫起来了。有了西桃棵子，为区别起见，那自己住的这个小庄自然成了东桃棵子。后来，为了简化称呼，东桃棵子也叫东旺，那么西桃棵子就成了西旺。因东旺正西相对的是现在西旺这个位置，西南方向的西桃棵子不但年久渺无人烟，而且也不像个"山旺"，所以人们就把现在的西旺逐渐称作西桃棵子了。

"残红尚有三千树，不及初开一朵鲜"。此地不是百花园，唯有桃树最多，盛开时娇媚如画，美不胜收，犹如仙境。东、西桃棵子虽称不上世外桃源，但花开季节也是一道亮丽的风景线。

山涧燕子石

王述文

　　燕子是雀形目燕科七十四种鸟类的统称。形小，翅尖窄，凹尾短喙，足弱小，羽衣单色，或有带金属光泽的蓝或绿色。燕子消耗大量时间在空中捕捉害虫，是最灵活的雀类之一，主要以蚊、蝇等昆虫为主食，是众所周知的益鸟。

　　燕子的故乡在北方，北方色玄，因此，古时把它叫作玄鸟。人们常见燕子把泥粘在楼道、房顶、屋檐上或突出部位为巢，因此，又叫家燕。

　　令人惊奇的是：20世纪70年代以前，在桃棵子村，突兀的燕巢不是建在村居的房顶和屋檐下，而是筑在挡阳柱西山沟的巨大岩石上，形成一道独特的风景。于是，村民便把山间栖居燕子的巨石叫"燕子石"，把燕子石所在的山沟叫"燕子石沟"。

　　燕子石沟在哪里？燕子石究竟是怎样一块神奇的石头，能吸引燕子在此栖息、繁育、生活？在近年来兴起的开发乡村旅游热潮中，桃棵子村民把这一很有特点的地方作为一处景点供人们欣赏，而许多游人怀着一颗颗好奇心，饶有兴致地亲临现场进行考察。

　　在人们的想象中，既然燕子是在荒草野坡上筑巢垒窝的，燕子栖居的地方一定是在一处绝壁石崖上，绝壁上方还须有像人的帽子遮眼那样突出的石板，因为只有那样的地方才是最安全的，既避开了人们

107

的侵扰，也没有蛇虫的袭击。然而令人不解的是：挡阳柱西山的这条山沟地势很缓，并无陡峭之处，而半山腰那几块大石头就是燕子石。人们在山下远远望去，看到的就是半山腰里有三块巨大的花岗岩石块耸立在并不十分陡峭的山坡上。上面的那块像一个石猴蹲在上面，中间的那块好像被石猴沉甸甸地压住，第二块和第三块石头之间有点像唐老鸭张开嘴似的。这样的现场令人生疑：燕子是太傻呢？还是无奈？怎么可能选择在这么个地方安家，繁衍生息呢？

公路离燕子石大约有二百多米的距离，大人小孩都可以毫不费力地攀爬到燕子石前，太离谱了吧？近前观看：下面的两块石头的断裂面及形状非常吻合，断下去的那块石头因为下面的山体支撑不牢，好像下滑了少许。因此看上去，上面的巨石像一顶鸭舌帽，盖住了下面石头一半的面积。而在两块巨石之间自然形成了一个两米见方的山洞。上边的那块巨石断切面基本平整，少数地方有些凹陷，燕子便以这些小凹陷为基础，在上面筑巢安家，而下面的那块石头的顶面就成了抚育小燕子的广场平台，实地勘察方知：燕子在此安家也是一种明智的选择，上有突兀的石板遮风挡雨，下有平整宽阔的石板切面作为活动的广场，为燕子繁衍生息创造了一处得天独厚的家园。同时，燕子石山洞水汽常年萦绕，每当雾气升腾之时，燕子石被笼罩在变幻莫测的雾气中，如云中的宫殿一般。

燕子是一种神鸟，春天来临，它们成群结队地飞越万水千山，掠过无数城市的高楼大厦，来寻找它们往年筑的旧巢，在忙碌中缔造新的一年的幸福生活。村民说：在燕子石沟，最多时竟有二十多窝燕子。这种高山小燕子长得极其俊俏：喙部、尾巴与腹部各有一抹嫣红，头顶洁白，而全身其他部位的羽毛却是墨黑色。在湛蓝的半空飘浮着几片洁白的云朵，白云下，几个黑色的小点在上下翻飞、横空掠过，仔细看来，原来那是燕子在半空中嬉戏。更令人惊奇的是，众多的燕子盘旋空谷，形成"百燕鸣谷"的奇观，惹得村民前来观赏。而行走于蜿蜒沟谷间，草茵幽幽，林海滔滔，风光迤逦，气候爽朗，移步换景，如入仙境。举目远眺，岚风起壑，烟波浩渺，雾腾飞燕，蔚为壮观。既有凭栏临海观潮之情，又有信步观山赏景之境，让人心胸顿开，叹为观止。此时，捧一本唐诗在手，读一读唐代大诗人"即看燕子入山扉，岂有黄鹂历翠微""冈头花草齐，燕子东西飞""桃花谢，杏花开，杜宇新啼燕子来""片片仙云来渡水，双双燕子共衔泥"的美妙诗句，诗情画意，美妙香醇，沁人肺腑，难以言表……

夏季是燕子繁育后代最忙碌的季节。尤其小燕出生后，公燕、母燕常常挤着嗓子"吱吱"叫着，在沟谷中穿梭，有时飞得很低，像箭一样攀升俯冲，一瞬间又交叉在一起，迅疾的小身体闪出灰青的光彩。在这个季节里，燕子们经历了生儿育女的忙碌、艰辛和欢乐，收获了成长的喜悦以及对新生活的憧憬……燕子是典型的迁徙鸟，每年当燕子走后，人们虽然感到寂寥，但一想到燕子知时节，明年还会来，空寂的烦闷便会一扫而光。

桃棵子的神燕，总会时不时地给人们带来一些惊奇。不知什么原因，20 世纪 70 年代以后，燕子突然不在"燕子石"筑巢生活了。村里人纳闷、不解，这突然的变化到底是什么原因所致？有人说是村子里的孩子经常去骚扰燕子，燕子感到不安全……也有人说一家石英厂在离燕子石不远的山上放炮起石头，惊吓了燕子，它们不敢在此安家生活了。种种猜测，不一而足。但后来，人们欣喜地发现：燕子石的燕子不见了，而村里的燕子却一天天多了起来。原来，近几年随着经济的发展，桃棵子村民大多盖起了新房，也许燕子看到了这些变化，再在燕子石搭窝就太不跟形势了，于是集体下山，飞到村里筑巢，过上了摩登快乐的新生活。

燕子不住无福之地，燕子进谁家，谁家就吉祥，所以村民都希望燕子飞进自己的家中筑巢、生活，带来陶渊明那种"翩翩新来燕，双双入我庐"的诗情画意，心情就会特别好。

如今，人们来到燕子石沟，"燕子石空，空凝伫"，让人觉得似有所失，但这里曾经为桃棵子留下了许多美好的记忆，仍不失为一处独特的风景。

今日桃棵子①

■ 杨传信

2015年2月，省委组织部选派第二轮第一书记到贫困农村帮扶，我有幸被山东能源集团党委选中。就因为这样一个偶然的机遇，我便与沂水县院东头镇桃棵子这个极富传奇色彩的小山村结下了不解之缘。

在临沂大学参加岗前培训时，出于好奇，我想上网搜索一下有关桃棵子的信息。这一搜，一位叫"红嫂之歌"的博主写的一篇《魂牵梦萦桃棵子》，便燃亮了我的目光。从文章中得知，桃棵子村是红嫂故里，祖秀莲冒死救治八路军战士、郭伍士寻遍八百里沂蒙认母报恩的故事在这里口口相传。

于是，我就关注了"红嫂之歌"的博客，并申请加为好友，同时将我的博客昵称更改为"我在桃棵子等你"。不久，红嫂之歌给我留言："博主把博客的昵称叫作'我在桃棵子等你'，莫非与桃棵子有大缘？我就是与之有缘者，故名'红嫂之歌'，望联系。"在回复他时，我说自己是桃棵子村的第一书记，正准备走马上任呢！问他姓甚名谁时，他还卖了个关子，说："你来了就知道了。"

---

① 这是省委组织部选派第二轮第一书记到桃棵子村帮扶工作的杨传信同志撰写的一篇散文。杨传信同志为山东能源集团干部，在桃棵子村任第一书记两年整，在2017年2月即将离任返回原单位之际，受本书编辑部之约，撰写了本文。

驻村后经了解才知道，他叫张希波，是院东头镇政协主任（现已调任沂水县委党史办副主任），分管全镇旅游工作，是个热心肠，尤其对桃棵子更是情有独钟。他不但写得一手好字，尤爱诗歌创作，在当地可是小有名气呢！由于共同的爱好，再加上工作关系，一来二去，我们便成了无话不谈的朋友。后来，这段"网事"还被村里传为美谈。

时光荏苒，光阴如梭。转眼间，两年的驻村帮扶工作很快就结束了。两年来，我亲眼看见了桃棵子的变化，也亲身体验了乡亲们的苦和乐。

桃棵子三面环山，风景优美，遍布全村的石墙石屋、石磨石碾，延伸到大山深处的石板路，增添了无限神韵。200余户人家散居在大大小小的16个自然村里，村子里土地不多，村民们就依借着山势，平整出一块块大小不一的梯田，一层又一层，层层环绕，让人看了不禁会赞叹沂蒙山人的勤劳和坚忍。村里以种植生姜、芋头等传统作物为主，刚驻村时，我还想着从土地上大做文章，打算引进一些经济效益好的作物，让村民们脱贫致富。通过深入了解，才放弃了这个念头。听村里的老人讲，桃棵子种姜已有20多个年头了，村里虽然土地不多，但土壤却很肥沃、疏松，排水也好，适宜种植生姜，村里人对姜的习性都了如指掌，特别是种姜技术可以说是熟稔于心。怎样选姜种、什么时候播种、如何施肥、用什么办法遮阴降温、采取什么措施防旱防涝、什么时候培土等等，这些细节就像生活的流水账，都明镜似的在村民心里摆着呢！遇上好年景，每斤生姜能卖到十几元，就是再赖也不会折本，"姜够本"的说法就是这么来的。所以暂时来看，还没有其他作物能够替代生姜。

老人的话在理，种姜不但效益好，还是一道亮丽的风景呢！每当夏季来临，姜苗长势旺盛，一片葱绿，被风一吹，摇曳着、荡漾着，那依山傍水的村庄，恰如一幅泼墨山水，又似一处世外桃源，营造出了"淳朴、欢乐、闲适"的氛围。到了秋天，茎秆增粗，叶片丛生，下部叶片渐渐枯黄，预示着生姜已经完全成熟了。你若此时来到村里，跟乡亲们一起刨生姜，领略自然生态，体验农耕稼穑，那该是一件多么惬意而又不乏意义的事情啊！

桃棵子不仅具有优越的生态环境资源，风光秀丽、景色宜人，而且红色文化底蕴深厚，百姓民风淳朴、热情好客，非常适宜搞乡村旅游。村支书张在召是红嫂的后人，对祖秀莲的事迹总是念念不忘，饱含着一种特殊的深情。为了把乡村旅游做大做强，他在2013年就开始筹建全村域民俗园。借村委会办公场所改造之机，把原村委改建成了"沂蒙红嫂祖秀莲纪念馆"；把自己爷爷原来居住的老屋进行了改造，复原了当年的"知青老屋"。村里要开发景区的消息传出后，群众纷纷捐献自己珍藏的照片、图画。当年70岁的张道森老人，为了找出自己珍藏的一张祖秀莲的照片，在家里翻箱倒柜也没有找到，后来收拾旧物品时在存照片的镜框反面才偶然发现了。该村自建景区的消息不胫而走，得到了社会各界的响应，县里镇里一些同志自愿把收藏的"红色文物"拿出来充实红嫂纪念馆、知青老屋和红色书屋。

走进"知青老屋"，你就会觉得仿佛进入了20世纪六七十年代。四合院用石头垒砌而成，影壁墙上迎面是一幅"开山劈岭"的水彩画，背面是毛主席诗词《七律·登庐山》。大院里的公社办公室、知青点、供销门市里的实物、图片、文件等，都会勾起你对那个时代浓浓的回忆。当你一脚踏进"政治夜校"，说不定还认为那几个正在读书看报的知青塑像是真人呢！瞧那眼神、形态，多么栩栩如生啊！

栽下梧桐树，引得凤凰来。刚刚驻村的我又结识了一位与桃棵子有深厚情缘的人，他就是山东恒源兵器科技股份有限公司的董事长鹿成增。出生于沂蒙山，又在沂蒙山入伍当兵的他，20世纪70年代初，在临沂军分区组织的一次历时三个多月的拉练中，曾随部队来到桃棵子村，亲眼见到了为亲人八路军战士熬鸡汤的红嫂祖秀莲，聆听了红嫂的故事，红嫂的形象深深地铭刻在了他的心中。2015年初，在一次战友聚会中，鹿成增提议在红嫂故里桃棵子村新建一座沂蒙红嫂祖秀莲纪念馆，作为沂蒙老兵向抗日战争胜利70周年的献礼，让红嫂精神得以发扬光大、永远传承！

新建红嫂纪念馆的提议得到了百名老兵的积极支持和热情参与，一时间，选址、论证、筹资、规划、设计同时展开，都各尽所能，慷慨解囊，短短一个多月的时间，捐款就达四百余万元。为确保纪念馆的建设质量，鹿成增南到上海请知名专家教授搞设计，北赴北京请将军诗人题写楹联，还远赴延安、瑞金等地，学习、考察纪念场馆建设，无数次地推敲、论证，真正做到了精益求精。他的战友们也多方奔波，通过各种渠道搜集资料，精心设计布展。仅仅四个月，一座丰碑式的纪念馆就如同红嫂祖秀莲的英名一样，呈现在世人面前！

为了形象地展示和宣传红嫂文化，还配套建起了自然开阔、特色鲜明、大气实用，融演出、集会于一体的拥军广场，沂蒙红嫂文化馆，并对红嫂故居、知青老屋、藏兵洞等红色旅游景点进行了修复和提升。目前，沂蒙红嫂祖秀莲纪念馆已被列为沂水县党性教育基地。

红嫂祖秀莲就是桃棵子最亮丽的"名片"，红嫂精神时刻激励着我。作为第一书记，我始终牢记使命，与村两委班子立足实际，确立了"红色党建与乡村旅游互促共进，旅游发展与扶贫开发一体推进"的工作思路，提出了"人人都是红嫂家人、家家都是旅游景点"的观念，深挖红色文化资源，积极争取涉农和旅游项目资金，进一步加强了旅游基础设施建设。带领村民修路架桥、疏浚河道、整治卫生、绿化环境，全面打造美丽乡村。成立了红嫂故里旅游专业合作社，进行专业化市场化运作。通过村民及贫困户自愿入股、合作社统一运营。为配合桃棵子发展旅游，我们多方筹资，新建休闲度假小木屋9套，改造传统民居石屋9套，全部打包出租给旅游公司运营。同时，设立了网上"沂蒙山特产"商城，发展特色"农家乐"，提高了旅游产业附加值。"旅游+扶贫"

保障了村集体稳定增收，贫困户实现了稳定脱贫。在这里，热情淳朴的乡亲，天然绿色的美食，清新自然的空气，恬静悠然的生活，更让人充满了向往。一山九墅，沂蒙老山街最美民宿，会让一颗浮躁的心，一下子平静地着陆。

为了方便乡亲们的生产生活和提升旅游景点的档次水平，我还积极争取派出单位支持，在村里安装了40盏太阳能路灯，对村委大院和办公场所进行了改造，新建了一座能容纳100多人的党员活动室。同时在知青老屋对面建设、恢复了红色书屋和战时邮局，既增加了红色旅游元素，也再现了桃棵子的历史风貌。

有了党的好政策的大力扶持，有了一群红嫂精神传承者的不懈努力，如今的桃棵子，路通了，灯亮了，水清了。"好客山东最美乡村""山东省首批传统古村落""山东省旅游特色村""历史文化名村"国家2A级景区、山东省第三批"宜居村庄"、山东省第一批"乡村记忆"工程文化遗产、山东省第三批社会科学普及示范村、"中国美丽乡村百佳范例""国际美丽乡村"，这一项项荣誉犹如一串串璀璨的珍珠，让桃棵子熠熠生辉，正吸引着更多的游客前来观光。

第三编

古村传说

桃棵子村名的由来与传说

王德厚

据桃棵子村前的石碑记载，清光绪年间张姓人士由附近南墙峪迁入。也就是说张家从南墙峪搬到这里居住约140多年。张家人丁十分兴旺，到今天全村已有200多户，600多人，分布在16个自然村里。全村至今还是以张姓为主，除了1958年迁入的被红嫂祖秀莲救护的老八路郭伍士一家，以及近些年有几个倒插门女婿外，其他都是张家人。

桃棵子村今天看桃树并不多，山上村里星星点点，屈指可数。反而核桃、板栗、柿子、杏树等较多。那么村名为什么叫桃棵子呢？最权威的解释是他们的先人刚来到这里时，发现漫山遍野都是低矮的桃树，主人便顺口取了桃棵子这个名字。但是，这种解释似乎还不太令人满意，依据桃树起名，为什么不是叫桃树坪啊、桃花峪啊这些朗朗上口又有些美感的名字？特别是"棵子"二字，在本地是有着特定的意思的，如棉槐棵子，蜡条棵子，甚至黄草棵子……凡是带棵子的植物，一般是指长不成树的灌木或树条子，作为桃、杏、苹果这些常见果树，好像没有棵子这种称呼。

在这里只有一个解释，就是在张家搬迁过来之前，这里没有长成树的桃树，只有野生（没有嫁接）的那种长不大、只结几个老秋桃（比杏还小）的"桃棵子"。

那么这种桃树是本地野生还是外来物种应该先弄清楚。

根据历史和植物专家的研究说明，桃不是外来物种，它起源于中国。桃树是中国最古老的五种果树之一，自古以来，桃作为五果（桃、李、杏、枣、栗）之首，受到人们的普遍喜爱。据有关专家介绍，普通桃的进化始于光核桃，之后为山桃，再次为甘肃桃，最终形成普通桃。那么，我们可以认为，桃棵子村当初的那些"桃棵子"，应该是还未形成普通桃的山桃或光核桃，也就是说，这些桃不是通过人工栽培的桃。

在旧中国的农村，人们往往把解释不了的现象统统说成是人的意志以外的上天安排，事事都要杜撰上个所谓的来龙去脉，再造上个稀奇古怪的故事。所以，关于"桃棵子"现象，当年也把它和上天玉帝、王母扯上了关系。多少年来，一个离奇的民间故事一直在当地流传。

相传很久以前，桃棵子周围方圆几十里没有人烟，特别是在桃棵子村址这个四周环山、古树参天、原始森林密布的山旮旯里，除了各种野兽出没，从来少有人没事往这深山老林里钻。这里虽四面环山，但光照充足，山泉密布，更没有遭到人为的破坏，所以植物茂盛旺长，各种树木花草长得密不透风。

不知从什么时候起，在今天的东桃棵子（自然村）和山上"八亩地"的位置，长出了一片片桃树。每年清明节前后，桃花一片粉红，到秋季，那一簇簇苦中带甜的小秋桃便成熟了。只是这里没人居住，这些桃子成熟后很快掉落了，桃核被风吹或山洪冲到其他地方后生根发芽，又长出新的桃树，使桃园不断扩大，从今四脉山至挡阳柱约三华里路的山上山下到处长满了桃树。

却说齐天大圣孙悟空在天上偷吃了蟠桃，搅乱了蟠桃会并大闹天宫后，被玉帝逐出天庭，他只好退回他的老巢花果山。在路过四脉山和挡阳柱山之间的一条山峪时，一个与花果山水帘洞几乎一模一样的洞吸引了他。他想，离开花果山已久，不知现在的猴王与众猴是否还能接纳他，倒不如在这里先住下来，中间先去摸摸情况再说。

这猢狲住下后，吃不惯这山里的小毛桃，多亏了在他离开天庭时，没忘了带半袋子半生不熟的蟠桃，每遇饥饿时，便吃上几个蟠桃充饥，吃后将桃核随便乱扔。没想到他扔出去的仙桃核一着地，周围的野生桃棵子便变成了如天上一样的蟠桃树，第二年结出的桃子和天上的蟠桃也没两样，那是又大又甜又香。大圣此次在这里住的时间虽不长，却意外给这里留下了一个美如天宫的蟠桃园（传说多年以后，他从西天取经回来后第二次来过此地）。

却说天上的王母娘娘年年要开蟠桃会，邀请玉帝和众位神仙品尝仙桃，观赏歌舞。但自从孙悟空大闹天宫，将成熟的蟠桃偷吃和糟蹋了个干净后，蟠桃园从此也不再安宁，每年总有些无名鼠辈冒险偷桃，为的是吃了长生不老，造成几乎每次蟠桃会都是供货不足，有时甚至竟采不到一个成熟的桃子，令玉帝勃然大怒，王母娘娘也被弄得好没面子。为此，主办人王母娘娘常常把气撒到摘桃的仙女们身上，训斥姑娘们偷懒，净给她惹事。

当王母娘娘了解到蟠桃园的真相后，找来太白金星老神仙想办法。当王母说出缘由后，没想到太白金星哈哈大笑，说这有什么难的？他说，那天我去南海访问南海龙王，从高空看到沂地有一大片桃园，从那股奇香我辨出那不是一般凡间桃园，当我降下祥云，来到那片桃林，就见那桃个个比拳头还大，白里透红，香气扑鼻，我吃了一个，味道并不比我们的蟠桃差，娘娘如果同意，何不挑一些人间的桃子供蟠桃会用，也让那些从来不下凡间的"懒鬼"们见识见识凡间的好东西，也算是接接地气吧。再说，要想叫这些凡间桃子成为仙桃，成为长生不老的贡品，老朽也是有办法的。王母娘娘听了太白金星一席话，顿时喜上眉梢，说这个办法好，遂派遣太白金星下凡采些来验看，没想到这老倌带回的人间桃子和天上的仙桃并无二样。

王母娘娘这下高兴了，就按太白金星的办法，从此这片桃园变成了蟠桃会的仙桃供应地。

却说自从在凡间开辟了这片蟠桃园后，王母娘娘惬意无比，每年蟠桃会前，她都会从美女如云的仙女中挑出七八位下凡摘桃。这些长年生活在深宫的姑娘们，过去从来不允许迈出天门一步，整日想象着人间是什么样，盼着有机会下凡到人间看看，所以每年王母娘娘派人下凡摘桃时，都争相报名抢着去。

人间着实是美丽的。当这些仙女们飘飘洒洒踏上挡阳柱山巅的那一刻，便被这里的美景迷住了。青山绿水，鸟语花香，尤其是桃园附近的水帘洞，那碧绿的泉水从悬崖如珠玑跌落玉盘，又顺山势而东流，在崖下形成了一个一丈见方玲珑剔透的小湖，那湖面平如明镜，湖水清澈见底。仙女们来到这里，在山顶桃园里摘满篮子后，便来到湖边嬉戏，打闹累了，仙女们纷纷飘下湖里沐浴，然后来到小湖附近的"戏台石"翩翩起舞。

关于"戏台石"，桃棵子人说 30 多年前还见到这块巨石，地点在今藏兵洞宾馆大门下面。据 72 岁的张道森老人说，石面约有现在村委大院的 2/3 大，至少也有 150 平方米吧。直到 20 世纪 80 年代初，被开山者锯碎卖了石材。

这些平日在天庭只为玉皇大帝、王母娘娘表演的女仙，在这块花草簇拥的巨石上跳舞觉得十分新鲜，比起天上在云端里舞步软绵绵的那种感觉，这里舞起来踏实接地气，不一会就心跳加速，气喘吁吁，神情荡漾。这时饮几口甘甜的山泉水，顿觉沁入心脾，感觉舒服极了。所以，桃棵子这个小地方成了众仙女向往的地方。

不知过了多少年多少代，这个和上天有联系的"仙境"终于被一歹人发现了。离挡阳柱山西北 20 里，有一个当地有名的财主周百万，因为家业大，势力强，发财靠无偿占有和重利盘剥，人们都叫他周扒皮。周扒皮为了进一步扩大自己的势力范围，不断到处圈地，霸占山林。这一天，他的管家牛二告诉他，土地已扩张至沂地的甄家疃村南的放牛场，再向南无人居住，但有一座陡峭的高山，名唤四脉山，山高坡陡没财发，也就到此为止吧。但周扒皮不听，他本来是个有毛没毛都要扒层皮的贪财鬼，这没有主的山岂能放过？他脱掉长衫，喝令家奴搀扶着他爬上高高的四脉山。刚刚攀上山顶的周扒皮打着眼罩往南一看，不禁惊呆了。那是一片绿油油的桃园，桃树上挂满了果实，走近一看，那硕大的桃子白皮红尖，把树枝都压弯了。贪婪的周扒皮一把揪下一个熟桃，啃一口尝了尝，直嚷嚷味道好，跟随他的人正渴得嗓子眼冒火，也纷纷摘桃解渴，果然是脆甜汁多、酸甜可口、吃后口留余香，都说从没吃到过如此美味的桃子。

周扒皮望着这大片桃园眼皮一眨巴，手中拐杖往东指着画了一个圈说：管家，这片桃园和这片山地都归咱们了，赶快派人先收拾这些桃子，不然熟过了就全落了，这是上天送我的"仙果"，肯定能卖上好价钱。于是，周扒皮的管家调来长工、短工，赶来了骡马、毛驴，山上山下一通折腾，把这一园才八九分熟的桃子摘了个精光。然后竖上几个木牌子，上写"周记桃园"，还在桃园旁建造了看山护林小屋，派专人住在这里护山。

且说周扒皮劫桃后不几日，一年一度的天庭蟠桃会要召开了，王母娘娘照样选派了几位仙女下凡摘桃。仙女们飘下天庭来到桃园，准备先去摘桃，然后沐浴玩耍。这时，她们忽然发现所有桃树上一个桃子都没有了。不知所措的姑娘们再没有玩耍的心思，即刻驾云回天宫报告去了。

王母娘娘一听大怒，拨开祥云向凡间看去，发现是当地一土财主干的，立即招来太白金星要他前去处置。太白金星笑笑说：娘娘不必动怒，这个桃园被那贪心财主糟蹋了，咱索性就不用这块宝地了，我再去作法，叫那黑心财主发不了财就是了。于是那老神仙下凡轻落四脉山，挥了挥手中的拂尘，只见那棵棵粗壮的桃树变成了一簇簇似筷子粗的细条，原来北高南低阳光充足的山向也变了样，特别是南山，在平缓的石崮上面又擦上了近百米的土层，陡峭的山顶长出了黑压压一片参天松柏，从此冬日的阳光被挡住大半，这就有了后来的名字——挡阳柱。

这个故事虽然虚幻离奇，但也说明了两个普通的道理：一是做人不能太自私、太贪婪，坏事做过了必然受到惩罚；二是勤劳善良必有好报。这块荒芜之地，在淳朴善良的桃棵子人的精耕细作下，山岭薄地变成了米粮川，经过精心管理，桃棵子的桃树也由小到大，结出美味的"仙桃"；果树品种也由一花独放发展到百花满园，近些年又搞了封山造林和农田水利基本建设，山区面貌更是大变，人们过上了丰衣足食的好日子。

四脉山与崤密河的故事

刘海洲

凡是走过"院夏公路"（连接院东头与夏蔚）的人们，在经过桃棵子村后，要沿着"S"形道路艰难地翻过一座高山，才能到达目的地。这座高山叫"四脉山"（也叫崤密山），是崤密河南北两条支流的分水岭。四脉山南坡形成的山溪，即桃棵子村中的小河"四脉河"，它和西墙峪流下来的溪水汇成了崤密河两大源头的南源。四脉山北坡众多山溪汇成了崤密河的北源。就如没有唐古拉山就没有长江一样，如果没有这座四脉山，也就没有被载入全国水系著作《水经》的崤密河。

四脉山既是一座山的名字，也是一个山系的名字。就一座山名来说，它就是指的桃棵子村北边的这座高山，即院夏公路上的最高点所在的山峰，它是桃棵子村的北部屏障。四脉山名字的来历，是因为它以桃棵子北依的主峰为中心点，向不同的方向伸出了四条山脉。这四条山脉分别是：向东的一条山脉一直延伸到望仙院一带；向南一条延伸到隋家店子（今属沂南），向北一条山脉延伸到石牛峪村，向西的山脉和高板场山峰相接。

据桃棵子村的老人们讲，四脉山的四条山脉伸向的地方，以前都有一座知名的寺院，山脉边缘都出过豪门大户。如向东的山脉上就有座千年古刹资庆寺，黄龙曾在此修炼成仙。至于其他的那三座寺院叫什么？出过哪些大家族或者名人？除了东边望仙山的资庆寺，现在的老人们都不记得了。

四脉山到底有哪些神奇的故事暂且不去探究，这里单说说四脉山孕育的峙密河上的几个故事，以飨读者。

在讲故事之前，先说说峙密河名字的来历。

桃棵子村中的小河因为是由四脉山主峰南坡的山泉和雨水形成的，因而就叫"四脉河"。四脉河向东南流到峙山东侧时，与四脉山主峰北坡溪水汇集的一条支流汇合，然后继续流向东南方向，一直汇入沂河。因为发源于四脉山南北的两条支流在峙山东侧才汇集成一条具有一定影响力的河流，又因为南北两条支流的汇合点在春秋时期的鲁国密邑旧址处，所以《水经》的作者便把这条沂河支流取名为"峙密水"。

峙密河全长 31 公里，河床最宽处 500 米，控制流域面积221.1 平方公里，以前是常年性河流，现在春冬干旱时断流，已经变成季节性河流了。现在看来河流不大，这是由现在植被减少，常年干旱造成的。且不说古代河水有多大，就是 1960 年 8 月 16 日（农历闰六月二十四日）夜晚那场暴雨，导致峙密河水泛滥成灾，仅姚店子一村就被大水冲倒房屋 100 多间，被冲走和砸死的村民多达 26 人。逃到屋外的被大水冲走，躲在屋内的有些因墙倒而被砸死，有几户全家人无一幸免。姚店子以西不远同样靠近峙密河的单家庄，全村 5000 多只家禽全部被淹死，村庄中的碾砣子都被大水冲出去 30 多米！

如果不是熟悉此地历史文化的人，很难相信，在这条不起眼的峙密河畔，有多少历史的悲喜剧曾在这里上演，有多少曲折动人的故事在这里流传……

故事之一：莒公子乐而忘返，死不归国

今院东头镇刘家店子村东这一片小平原，是峙密河冲积而成

的肥沃土地。此地西面是连绵的群山，东面是平坦的良田，峙密河自西向东流去，有山有水有良田，是适合人类居住的好地方。所以，早在春秋初期，鲁国就在这里设立了"密邑"，对这一带进行有效的管理和控制。因为莒国和鲁国是近邻，莒鲁两国的势力又差不多，所以两国为了争夺领土而经常发生战争。公元前7世纪的某一年（具体年份难以考证），莒国国君派他的次子率领十万大军西征鲁国，一举占领了鲁国东部重镇密邑。莒军整顿好密邑并以此作为后方供应基地，乘胜一路进攻到蒙山东麓。蒙山绵延数百里，座座山峰被云雾缭绕着，山高路险，大军不辨东西南北，无法前进。正在莒军一筹莫展时，当时正在蒙山之巅修炼的鬼谷子，不愿莒军打扰他的清静，就派庞涓给莒军统帅送去了一片竹简，莒国公子接过一看，只见上面用大篆写着12个字："蒙山宜止，密邑宜栖，切记切记！"莒公子知道鬼谷子是当世最伟大的军事家和阴阳家，就是他带的两个"研究生"庞涓和孙膑，任何一个在军事谋略上都远远胜于自己。他已经取得了很大的胜利，已经超额完成了既定的战略目标，于是便在蒙山脚下勒石纪念他的战绩后就大军东撤。

当大军撤退到密邑时，莒公子被密邑周边的优美环境惊呆了，只见满山遍野的山花盛开，空气中都飘浮着一种春天特有的芳草和鲜花的香气，峙密河潺潺流淌，河面上漂着一层从源头上带来的桃花，鱼儿不时跃出水面。"芳草熏得游人醉，桃花流水鲫鱼肥"。莒公子不善吟诗，但还是不自觉地轻轻诵出了这两句。莒公子决定在密邑驻扎休整，暂不回莒。

因为莒军攻打密邑时比较顺利，更因为莒公子深知民心向背的重要性，对城池的破坏小，更没有伤害黎民百姓，所以不论是攻占时还是返回驻扎时，当地百姓既没有反抗莒军，也没有大批逃亡，个别人还讨好莒军说：早就盼着莒国来解放我们了。莒公子在密邑日日游玩，夜夜笙歌，流连忘返，乐不思莒。他在莒国宫廷中，虽然享受着崇高的待遇，但宫廷内几个公子之间明争暗斗，都想继承国君之位，他对此深恶痛绝。他对国君之位不感兴趣，但因他才华出众，几个兄弟还是把他当作最大的继位障碍。他的性格适合过无拘无束的生活，他喜欢自然，喜欢打猎，不愿意整日在宫廷内厮混，这也是他这次愿意带兵出征鲁国的主要原因。

莒国公子在密邑驻扎了一个月后，还是不想回莒，就写了一封信派人送到莒国。信上说："密邑是莒鲁两国的边界重镇，占领后必须驻防军队，以免得而复失。为巩固边防，我愿意驻守此地，以解父忧。"不久信使返回并带了圣谕："密邑是我西部门户，务必加强防守。现封尔为戍边大将军，有权决断一切军政事务。"信使还私下告诉了他在莒国宫廷内听到了一些小道消息，说其他公子和很多大臣其实不想让他回莒，因为他的才能和战功比别人大，回莒后肯定影响别人晋升官职。莒公子听后，正说不清是悲是喜时，他突然想起了鬼谷子给他的竹简"密邑宜栖"的话，一拍案几，高声说道："吾今日适得其所矣！"从此以后，莒公子再也没有回过莒城，并且死后夫妻葬在了密邑。

莒公子将自己的军队留出一部分作为警卫队，其他的军人转为农垦团，在河边与山坡处大量开垦农田，耕种和收割时干活，冬闲时搞军事训练，农业生产与边防建设两不误，因此密邑及周边地区迅速发展繁荣起来。莒公子很注意军民关系的融洽，让军人与当地女子结婚以增长人口，他自己则找了一个密邑城中才貌双全的女子做妻子，又选了两名小妾在他外出时伴驾。他处理完政务后就喜欢带着妻子和两个小妾到峙密河边采花、捉鱼，捉着鱼虾后一边烧烤，一边载歌载舞，有时也带领着卫队到西山"老猫窝"一带打猎，每次打猎都会满载而归。莒国宫廷除了有时要他进献点儿山果和兽皮外，基本上对他失去了管控，他把密邑变成了独立王国和乐园……

经过莒公子几十年的经营和治理，密邑已经成为当时最富庶的地区之一。他们能冶炼青铜，并按宫廷内的礼器、乐器和祭器等器物的形状打造或烧制各种器皿。莒公子把自己治下的密邑当成一个都城来看待，自己也按照国君的生活方式过日子。莒公子在晚年还精心挑选了一些器物作为自己的陪葬品，还特地选了一套编钟和一套石磬。莒公子在密邑命匠人制作的大量青铜器，直到两千多年后才陆续重见天日！

清光绪二十一年（1895 年）夏，一场特大的暴雨过后，距离刘家店子很近的阳早胡同村民在石观坪山下发现了一批被大水冲出来的"宝物"。消息传出后，埠前庄的刘秉锋、刘涛父子，刘家店子致仕在家的刘中濂等当地士绅及时赶到现场，原来这是一批被埋藏的古文物，有青铜编钟、铜鼎、铜簋、铜鬲和大量的玉璧、玉琮、玉璜和玉戈等，他们推测这是春秋时密邑的东西。当时被朝廷革职而客居济南的刘中策（刘纶襄，中濂之弟）闻讯后回到沂水，说服乡亲，将这些出土宝物装了十多辆木车献给朝廷。这些宝物在途经济南时被军警扣押，刘中策说明情况，疏通关节，重新挑选出最有价值的文物，亲自护送到北京，把宝物献给了当时在朝廷握有大权的恭亲王。正因为他送了这批大礼，刘中策又被恭亲王重新启用为陕西候补道。

1977 年冬天，刘家店子村社员在村西约 200 米处的一块高地上深翻平整土地时，挖出了一些陶器，有鬲、豆、壶、盆等，还挖出了铜销、铜簇、石纺轮、砺石等器物。县文物部门得到报告后，推测此地可能有更重要的文物存在，于是妥善地保护了现场，并及时报告了省主管部门。1978 年春，山东省文物考古研究所会同沂水县文物部门，对院东头刘家店子村西的这处古墓进行了正规的考古发掘，在相距不足十米的两座墓穴和一个车马坑里，出土了铜、陶、玉等各类文物 470 余件，其中一铜戈柄上刻有"莒公"字样。这次考古发掘的丰硕成果，震惊了考古学界，成为新中国成立以来十大考古发现之一。考古专家将发掘经过和研究成果写成了《山东沂水刘家店子春秋墓发掘简报》和《刘家店子春秋墓琐考》两篇文章，同时刊登在 1984 年国家级刊物《文物》第

9期上。大量青铜器也被省博物馆收藏。

考古专家根据墓葬形制及出土器物上的铭文而得出的结论是：这两座古墓的时间为春秋中期，墓主人为莒国人，身份是国君或仅次于国君一级人物及他的妻子。

聪明的读者此时一定知道了，刘家店子春秋墓的主人就是率兵占领密邑，并一直居住在密邑，死后埋葬在峙密河边的那个莒国公子。而光绪二十一年被大水冲出来的大批春秋文物，也是莒公子当年埋下的。

故事之二：庆父引渡回国，及密而死

鲁僖公元年（前660）初冬的一天，天空阴沉沉的，寒风中夹杂着一些细碎的雪花。谷物早已收入谷仓了，田野里已经很少见到农夫的身影。这时，突然有几驾马车从东南方向的莒国都城疾驰而来，来到密邑后马车停了下来，从车上下来一群人，其中一人神情沮丧，他抬头望了望和自己心情一样沉郁的天空，不自觉地叹了一口气。这个人就是连续两次弑君的鲁国公子庆父，他就要被引渡回国接受审判了。

庆父是春秋时鲁庄公的庶兄。此人野心勃勃，也很有才能。鲁庄公三十二年（前662）秋，庄公得了重病，开始考虑继承人的问题，于是就问叔牙（公子牙）谁可接替国君的位子，叔牙说："庆父有才能。"但是庄公不想让庆父继位，而是想让自己的儿子子般继承。当庄公询问季友时，季友庄严地回答说："臣愿意以死来侍奉子般。"庄公说："刚才叔牙说庆父有才能。"季友听后什么也没有说，但他偷偷派人把支持庆父的叔牙用毒酒杀害了。同年八月初五，鲁庄公在他的正寝宫里去世了，庄公的儿子子般继位成为鲁国的新国君，子般继位后住在母亲党氏家里。没有当上国君的庆父不甘心自己的失败，整天在家里研究收买哪个杀手最为妥当。他终于想到了一个名叫"荦"的专管养马的人。荦孔武有力，有万夫不当之勇，更重要的是他对新任国君子般恨之入骨。有一次，庄公的女儿正在观看排练"雩祭"（祈雨仪式），荦在墙外看见庄公女儿美貌就调戏她，子般知道此事后非常气愤，让人鞭打了荦。十月初二日，庆父派荦把子般杀死在党氏家里。新任国君子般死后，齐国人就拥立闵公做了鲁国的国君，因为闵公是齐国女人叔姜所生的儿子。

鲁闵公即位后的第二年，庆父又谋划了一次大逆不道的弑君行动，他指使卜齮把继位不到一年的闵公杀死在了武闱，致使鲁国又一次陷入了内乱之中！当初，闵公的保傅夺取卜齮的田地，闵公没有加以制止，致使卜齮对闵公不满，于是庆父就利用卜齮和闵公的矛盾策划了这次谋杀。这年八月二十四日，庆父指使卜齮在武闱杀死了鲁国国君闵公。庆父连续两年杀害国君，造成鲁国极大的内乱和恐慌，朝野震惊，人神共怒，庆父成了人人喊打的过街老鼠，在鲁国待不下去了，就逃亡到与鲁国相邻的莒国以求政治避难。莒国因与鲁国历年来不断进行领土争夺，两国关系多数情况下处在敌对状态，于是就收留了庆父。

庆父派人刺杀闵公后，鲁国大臣季友为了安全，带着僖公跑到了邾国（即邹国）。庆父逃到莒国后，季友就带着僖公返回鲁国，拥立僖公为新的国君。僖公稳定政权后，就向莒国提出引渡庆父的要求，莒国不肯，鲁国就承诺事后给莒国大量的财货。于是莒国就答应了鲁国的要求，派人把庆父送回鲁国接受审判。

庆父自知罪孽深重，回国后难逃一死，来到密邑后，他不敢贸然回国，先派公子鱼回国请求僖公赦免自己的死罪。密邑原是鲁国的封地，此时已经被莒国占有。从这里再向西行，就是鲁国的地域了，所以他在这里停下来派人回国打探消息。

在等待公子鱼回鲁国打探消息的日子里，庆父天天在峙密河边漫无目的地游荡，猜测着自己命运的结局。看到东流的峙密水，他想起了自己以前整日在鲁国城北洙水（古洙水河道在鲁国与兖州段早已淹没，不是现在的洙水）边密谋策划弑君的情景，现在他已经觉得权力不那么重要了。在密邑的驿站里，他从"宾馆服务员"和普通老百姓那里，知道了密邑是莒国公子率兵从鲁国夺走的事实，更听说了莒国公子退出君位的争夺而甘愿做一个小小边邑之主的故事。他似乎突然明白了一个道理：权力不是人生最重要的，权力与幸福之间不是等号，能和莒国公子那样，管理一城一邑，吃穿不愁，自由自在，该多好啊！可是，现在一切都晚了！

几天后，庆父又在峙密河畔徘徊时，突然他从风声里捕捉到一丝人的哭喊声，待他凝神静听时，哭声越来越明显，这过于熟悉的声音来自公子鱼。此时的庆父已经明白，公子鱼回来了，是哭着回来的，也就是说，希望得到鲁国赦免的请求没有实现。与其回到鲁国受到羞辱而死，还不如自杀在这里。想想这一生，出身贵族，享尽了荣华富贵，为了篡权，连杀两位新国君，也实在闹得过于出格了。他不愿等公子鱼来到跟前亲自说出令人失望的结果，就回到驿站上吊自杀了！

郦道元所著《水经注》说："沂水南经东安故城东，而南合时密水，水出时密山，春秋时莒地。《左传》莒人归共仲于鲁及密而死是也。"《左传》里所说的"共仲"就是庆父。清道光版《沂水县志》载："时密山在县西南四十里。山前有泉，名曰时密泉。泉水常年流经不断。"进而又指出："时密水出时密山，春秋时莒地。左氏传莒人归共仲与鲁及密而死是也。"

庆父是个恶人，也是个名人。正是他为后世留下了"庆父不死，鲁难未已"这一成语。闵公元年（前661）冬季，齐国派仲孙湫到鲁国对庆父制造的灾难表示慰问。仲孙湫回到齐国后对齐桓公说："不除庆父，鲁难未已。"后人把"不除庆父"改为"庆父不死"，更加重了语气。

庆父不但搞乱了鲁国政坛，还使莒鲁两国关系进一步恶化了。僖公元年（前659）冬，莒国索要遣返庆父时鲁国许诺的财货时，鲁国不但不给，反而指责莒国收留国贼庆父。于是两国开战，鲁国公子友在郦地打败了莒国的军队，并且俘虏了莒国国君的弟弟挐。从此两国战多和少，战争连年不断。

故事之三：何仙姑与吕洞宾隔河相望

在峿密河上游即南墙峪村前河对岸，有一座山叫仙姑顶。1942年10月，在这座山上，发生了在鲁中抗战史甚至在整个山东抗战史上，都需要重笔书写的一次反"扫荡"战斗，史称"仙姑顶战斗"。此次战斗异常惨烈，敌我双方都有数百人的伤亡。但是，在很多书籍和参加这次反"扫荡"战斗的指战员的回忆录上，对这座山的名字，出现了多种写法，给读者造成了麻烦和困惑。在讲故事之前，笔者先对这座山的正确名称及来历做一简要说明，以正视听。

清道光七年《沂水县志》把此山叫作"宣崮山"，还有的资料上叫"旋崮顶""仙崮顶"。

这座山的正确名称是"仙姑顶"。因为沂蒙山区的崮多，沂蒙72崮名扬海内外，因此沂蒙山区的很多山以崮命名，所以很多人把"仙姑"的"姑"写成了"崮"。不论是"宣崮"还是"仙崮"都是错误的，因为这座山不是"崮"！正像那句广告词"克伦苏是牛奶但不是所有的牛奶都叫克伦苏"一样，虽然崮是山，但不是所有的山都是崮。崮是一种山头突兀而出，山顶周围是直立的岩石体而山顶平坦的山，崮的地质学称谓叫"方山"。仙姑顶根本没有崮的任何特征，山顶部既不平坦，周围也不是直立几十米高的岩石峭壁，这怎么能叫"崮"呢？这座山叫"仙姑顶"是有来历的，不是乱叫的。很久以前，传说这座山上居住着一位有名的女神仙，她就是大名鼎鼎的"八仙"之一的何仙姑！

"八仙"是我国民间传说中广为流传的道教八位神仙，何仙姑在八仙中排位第五。她清婉动人，风姿绰约，是八仙中唯一的一位女性。她使用的宝物是一枝荷花，在"八仙过海各显神通"时，就是凭着一支荷花渡过波涛汹涌的东海的。

神仙法力大，去过的地方很多，居住过的地方也很多，何仙姑就在院东头西3公里、南墙峪村南、峙密河南岸的这座山顶居住过，所以这座山后世就有了"仙姑顶"这个漂亮的名称。

那是在八仙集体参加王母娘娘的一次"蟠桃宴"之后，八仙中的其他仙人多数想回到东海岸边的蓬莱阁去，因为蓬莱阁是八仙的根据地和大本营。何仙姑云游到桃棵子一带时，被漫山遍野的桃花所吸引，何仙姑既爱吃桃子，更爱欣赏桃花。凡间的女人爱花，仙界的女神也爱花。于是何仙姑脱离了群体，独自在桃棵子东边不远处的一个山顶（即今仙姑顶）居住下来。因为这个山顶是周边山峰中最高的，山上苍松翠柏郁郁苍苍，山下一条小河潺潺东流。女神爱干净，离河近，沐浴起来方便，这就是何仙姑选择在这里居住的缘由。

何仙姑在此居住不久，八仙之一的吕洞宾因思念何仙姑，也来到了这里。吕洞宾暗恋何仙姑不是一年两年了。天庭中有律条，神仙之间不允许恋爱结婚，吕洞宾从蓬莱阁来到此地后，不敢与何仙姑同在一个山上居住，就在仙姑顶的正北面一河之隔的山上住下来，天天望着对面山上的何仙姑。后来吕洞宾居住的这座山就叫"望仙山"了。这座山上有个寺院，本名叫"资庆寺"，因在望仙山上，所以当地人都把资庆寺叫作"望仙院"。

清康熙十一年《沂水县志》载："……又西南七十里为望仙山，群峰蔽日，万壑争流，亦一奇观也。中为望仙寺（黄龙得道于此，今有浮屠三，黄龙遗像存焉）。"从清志的这段话里，不仅可以看出望仙山的真实性，还可以看出此处确实是释道两家都喜欢的风水宝地！这里不仅有传说中何仙姑、吕洞宾等居住过，据传道教神仙谱系中的另一位大佬黄龙，就是在望仙寺里修炼成仙的！（黄龙是道教之神，但为什么不在道观修炼而在佛寺修炼成仙，笔者也觉得很奇怪，但县志就是这么写的）

在八仙及所有神仙中，吕洞宾的颜值是最高的。他年轻漂亮，风流倜傥，身材清秀而挺拔，一身干净的白绸衫，一把龙须和细金丝合成的"拂尘"，真真配得上"仙风道骨"这四个字。他不论在什么时候，站在袒胸露乳的汉钟离和一瘸一拐的铁拐李等群体里面，总是显得鹤立鸡群。何仙姑对吕洞宾也早有好感，吕洞宾落脚望仙山的当天，何仙姑就知道了，并且很自信地断定，他的到来完全是为了自己！

何仙姑和吕洞宾隔着一道小小的峙密河水而居，各占一个山头，就这么整天互相对望着。时间久了，他俩不满足于只是隔空相望，说凡人听不见的悄悄话，便在夜间到附近的四门洞里约会，甚至在四门洞里的水池里一起洗浴。当然更多的时候他们在峙密河畔游玩聊天，吕洞宾会采来各种花朵为何仙姑编一个花环，戴在何仙姑的头上或者脖子上，多才多艺的吕洞宾有时还写一些赞美何仙姑的诗歌朗诵给她听，她最喜欢的两句是"临水一照游鱼沉，俏脸半露桃花落"。吕洞宾的多情和文采把个何仙姑撩拨得春心荡漾，小脸更加俏丽了。

吕洞宾在峙密河畔除了陪伴何仙姑外，传说他还为世俗社会做了一些有益的工作。例如他曾到沂水城为吏部官员刘应宾画了一张住宅设计图，刘应宾按照他的图纸盖起了一座世间少有的"八卦宅"。因这座八卦宅设计精巧，加之规模庞大，被世人称为"刘南宅"。

老龙窝与朝阳洞

▨ 刘振良

　　桃棵子村西的半山腰里，有个叫"老龙窝"的地方。这里山势陡峭、森林茂密、灌木丛生，"老龙窝"就在几块丈余高的巨石下面。据村里上了年纪的老人讲，"老龙窝"原是一个空间宽阔的洞穴，洞壁光滑、冬暖夏凉，可同时容纳几十人存身，历经风雨侵蚀、山洪冲刷，如今这个洞穴已逐渐淤平，只留下几块高高的巨石矗立在那儿。既然叫"老龙窝"，难道果真曾有"龙"？村里的乡亲们肯定地说，有！是一条小龙，也就是一条蟒蛇。蛇和传说中的龙身形相似，在民间十二生肖里，人们习惯把蛇称作"小龙"，这个地方就叫了"老龙窝"。说起"老龙窝"的来历，就要从明朝开国皇帝朱元璋说起了。

　　1344年，家住濠州钟离（今安徽凤阳）的朱元璋因生计所迫，来到当地最大的寺庙——皇觉寺出家当了和尚。朱元璋削发后师从法师高彬，潜心修行，过着相对稳定的生活。1345年，朱元璋出家后的第二年，安徽一带遭遇了百年不遇的大旱，河流干涸、土地龟裂、庄稼枯死、几近绝产，百姓生活无着，只好扶老携幼外出讨饭，一路饥民哀号、饿殍满地，这种情况下，皇觉寺的僧徒生活也遇到了极大的困难，寺庙名下的土地颗粒无收，僧人们外出化缘常常空手而归，有时几天吃不上一顿饱饭，看到寺庙生活已难以为继，朱元璋无奈只好告别师傅，离开皇觉寺，一路北上寻找出路。长路迢迢、山高水长，朱元璋一边化缘赶路，一边寻找合适的栖身之所，经过一个多月的长途跋涉，朱元璋来到山清水秀的沂地，慕名投奔到当时沂水县规模最大、香火最盛的院东头资庆寺，成为一名普通僧人。此时的资庆寺占地近百亩，僧舍二百余间，僧徒五百余众，每日里善男信女烧香还愿，络绎不绝，在方圆几百里内极负盛名。朱元璋入寺后成为一名杂役僧人，每日挑水劈柴、洒扫庭除、诵经修行，过得十分舒心。然而好景不长，来到资庆寺的第二年，这一带遭遇了严重的蝗灾，成群结伙的蝗虫像黑云一样铺天盖地压来，所到之处树叶光秃、禾苗精光，庄稼颗粒无收，资庆寺的几百亩土地也几近绝产，灾年歉收使资庆寺香火渐渐黯淡，僧徒们坐吃山空，同样面临着和皇觉寺一样的问题。从几千里外的老家赶到这里的朱元璋厌倦了居无定所、四处漂泊的生活，他想就在附近寻找个栖身生存之地。在外打探时，他发现了离资庆寺不远的桃棵子村（当时还不叫此名），这个四面环山的小山村地处隐蔽，到处流水潺潺，瓜果满山，乡亲们依然过着自给自足、无忧无虑的生活。

打定主意后，朱元璋离开了资庆寺，一个人悄悄来到桃棵子，但见这里山上松柏森森、绿意葱茏，山下桃林茂盛、风光宜人，一条小河清亮亮地从北山流出，蜿蜒流向山外，几十户人家散居在山沟里、坡梁上，炊烟阵阵，鸡犬相闻，一派安宁祥和之气，堪称世外桃源。

朱元璋看中了西山上一个叫朝阳洞的地方。朝阳洞在西山山顶的一处悬崖下，是一个进深数米的岩洞，坐北向南，洞顶草木茂盛、青翠如染，洞内干燥清爽、温暖如春，坐在洞里，居高临下，山下的一切尽收眼底。早晨红日初升时，第一缕阳光照进洞里，洞内亮亮堂堂，一片金黄，真是一座名副其实的朝阳洞。朱元璋由衷地喜欢上这个地方，他每天日出而起，迎着太阳，盘腿打坐，闭目诵经，全然忘我，饿了就去摘漫山遍野的桃子、软枣等野果充饥，渴了就饮山间甘洌的清泉水。太阳落山后，夜幕降临时，他就在这个僻静的山洞里铺开自己简单的行囊休息，日复一日，天天如此。时间不长，山下的乡亲们知道山上朝阳洞来了个修炼的和尚，大家纷纷过来看稀奇，见这个年轻的和尚一副长长的马脸，鼻直口阔，气度不凡。上前与之攀谈，得知和尚是南方濠州人氏，是逃荒来到沂水的。山里人淳朴厚道，待人亲切，见和尚生活清苦，每日只吃野果、喝冷水，乡亲们纷纷从家里端来热气腾腾的斋饭相赠，使朱元璋的生活大为改善。

桃棵子山高林密，沟大谷深，人迹罕至，山中常有野兽出没，可朱元璋在此并不担心自己的安全，因为他发现有一条大蟒蛇天天来守护着他。这条他叫它"雪青"的大蟒蛇已有几百年的道行，粗若水桶，身长过丈。穿过森林时，林风大作，没膝深的青草唰唰分列两边，树林中的狐狸野兔见了惊骇不已，纷纷四散逃离。白天，朱元璋在洞里诵经修行，雪青就盘在洞顶上方静静地听经，从早晨到晚上，一刻也不离开，有时听得入了迷，口内的涎水顺着洞顶流下来，滴滴答答，形成时断时续的雨帘。夜晚朱元璋入睡时，雪青就用自己的涎水在朝阳洞周围画一个圈，狼虫虎豹闻着涎水特殊的味道不敢入洞，所有毒虫也都被阻挡在圈外，画完圈后的雪青这才放心地唰啦唰啦钻入草丛，来到朝阳洞北边不远的巨石下面的"老龙窝"里安歇。天一亮，它又准时来到朝阳洞顶，继续听朱元璋闭目诵经。日复一日，周而复始。

一天，前来洞中送斋饭的乡亲偶然抬头看到了盘在洞顶的雪青，顿时吓得魂飞魄散，高呼"救命"往山下奔逃，朱元璋连忙喊住惊恐万状的乡亲，告诉他们雪青是一条得道的蛇，只做好事，绝不会伤害大家。乡亲们这才战战兢兢地回到洞里，见雪青果然温顺，一直静静听经，没有一点伤害人的意思，这才渐渐安下心来。乡亲们后来又看到了半山腰巨石下雪青宿居的"老龙窝"，就试探着向洞内投放了一些活鸡活兔等喂食雪青，但几天过去，这些家禽全都毫发未损、安然无恙。

雪青日日保护着修行的朱元璋，使朝阳洞的一切变得神秘起来，乡亲们都隐隐觉得，这个年轻的和尚身世不凡，不是神仙转世，也是人间少有的高人。没事的时候，他们常常来到朝阳洞，送水送饭，听和尚讲道诵经，有大胆的乡亲还爬上洞顶，与雪青戏耍着玩。雪青一点也不厌烦，还常常伏下身子，让乡亲骑在背上，在草丛里穿几个来回，让大家感觉一下腾云驾雾的神奇感觉。这和谐相处的一幕幕让僻静的朝阳洞热闹了许多，增添了温馨的人间烟火气息。得道的雪青还有预知天气的本领，面对着热情的桃棵子乡亲，它用自己的神技回报着憨厚朴实的老老少少。每逢天气变化，大雨来临时，雪青就爬到"老龙窝"上面的巨石上，对着村庄发出"咯咯咯咯"公鸡般的叫声。一来二去，乡亲们从中发现了规律："神龙"一叫，大雨即到。大家听到叫声，就纷纷行动起来，或收拾庄稼庭院，或等雨后下种，有了这样准确的信息，乡亲们种地从容了许多。

1347 年，朱元璋的老家度过了艰难的灾荒之年后，迎来了风调雨顺的好年景，曾经一度凋敝的皇觉寺又渐渐兴盛起来。一个夏天的中午，正在朝阳洞里修行的朱元璋得到了一个老乡捎来的口信，说皇觉寺的师傅高彬身体有恙，十分想念在外的朱元璋，想让他火速赶回老家相见。接到这个消息，朱元璋心里很矛盾，在桃棵子两年多的时间里，他清静修行，诸事顺畅，与乡亲们相处融洽，已由衷地喜欢上这个地方，真舍不得离开这里，可自己毕竟离开家乡三年了，师父恩重如山，皇觉寺的一切也不知到底怎样了，他无论如何也得回去看看，了却师傅的一桩心愿。

犹豫再三后，朱元璋最终打定了主意，赶回皇觉寺看望恩师。为了不走漏消息，招致乡亲们赶来挽留，在一个风雨大作的夜晚，朱元璋写下一封书信留在朝阳洞里，然后携雪青朝西南一路腾云驾雾而去。

次日天光大亮，风停雨住，桃棵子村的父老乡亲又像往常一样来到朝阳洞听经，却发现洞内空无一人，只有朱元璋留下的那封言辞恳切的辞别信，乡亲们跑到"老龙窝"，这里亦空空如也，大家才知道，这个得道的高僧和可爱的雪青真的离开了。

岁月不居，流年似水。几百年时间一晃而过，如今的桃棵子村依旧山常清、树常绿、水长流，神秘的"朝阳洞""老龙窝"依旧在那儿，留下这个美丽的故事流传至今。

金蟾石和雷劈石的传说

张希波

在桃棵子村的河溪中，有众多奇形怪状的滚石。这些滚石和"泰山石"一样，沿着河道自然散布，大小不一，形态各异，与溪水相得益彰，浑然天成，尽显原生态的风貌。在这些滚石中，有两块最具特点：一块是桥西河中的"金蟾石"。这块石头外形非常像一个蟾蜍，独自蜷于一块河石之上，体形硕大，重约一吨，整个石块呈墨绿色，在阳光下闪闪发光；另一块是"红嫂故居"门前的"雷劈石"。这块石头重约5吨，中间呈直角齐碴儿断下一块，毫无人工开凿的痕迹，必定是天降霹雳才成这样。传说这两块石头均源于一个美丽动人的故事。

院东头自古以来就是一个人杰地灵的地方。在桃棵子村东面有一座山，叫"仙姑顶"，山上丛林茂密，山顶如同平地，风光甚是优美，传说"八仙"之一的何仙姑曾在此山修炼，常常帮助附近百姓去灾消难，造福一方。在仙姑顶的北边，有一座千年古寺叫"望仙院"（又名资庆寺），传说是一个叫三脱化的和尚化缘所建，寺内香火旺盛，善男信女们络绎不绝。在望仙院的东面4公里的地方，有一个"四门洞"，洞内幽深曲折、冬暖夏凉，钟乳石林密布，大小"天锅"倒悬，常年流水不断，宽阔处能容纳百人，犹如人间仙境。此洞天然有四个门，分别在洞的东、南、西、北四个方向，故名四门洞，传说吕洞宾在此洞中修炼，常与八仙聚会于此。在四门洞的北边，有一个水面很大的湖泊，叫"浴仙湖"，传说是八仙洗浴嬉戏的地方。八仙常常在这一带切磋道法武艺，行侠仗义，为民间降妖除魔，造福当地的黎民百姓，被人们传为佳话。

过去山东十年九旱，沂蒙山地区的百姓日子更是异常艰难。大旱之年河水和井水都干了，很多人都流离失所，逃荒要饭的比比皆是，传说这与一个千年蟾蜍精作怪有关。桃棵子本是一个山水灵秀、气势磅礴的风水宝地，茂密的山林和淙淙的溪水孕育了天地灵气。在一口古井里，一只蟾蜍吸纳了这股天地灵气，道行越来越深，寿命延至千年，慢慢成了一只蟾蜍精。蟾蜍精白天接纳阳光的照耀，晚上在溪水中沐浴，日夜习练吐纳、闭息之功，功夫不断长进。后来又练成了遁地之法，穿梭于河溪湖泊之中，并借助太阳的光辉练就了飞升之术。由于蟾蜍精生得相貌丑陋，所以很少露面，人们根本就发现不了它。后来这只蟾蜍精听说了吕洞宾和何仙姑在此修炼，便也有了修炼成仙的想法。据说蟾蜍精只要喝完一条小溪的水，然后在山林间喷云吐雾，功夫就会大长一寸，功力就会离成仙更近一步。于是它就不停地喝水，河水被它喝干了，它就跳进井里喝，后来河水和井水都被蟾蜍精喝干了，天又不下雨，百姓的日子越发艰难。没有水喝，它非常着急，便四处找水，大旱之年哪里有多余的水？蟾蜍精找不到水，便跑到百姓家抢人们仅有的一点水。为了保护自己的救命水，百姓便与蟾蜍精拼死相搏，无奈蟾蜍精法力高强，常人根本不是它的对手，很多人还被蟾蜍精打死打伤。百姓没水喝了，更没有水浇灌田地，还要遭受蟾蜍精的残害，生活苦不堪言，实在是生活不下去了，只得背井离，四处乞讨。

百姓们大部分都走了，留下的老弱病残最后不是饿死就是渴死，到处哀鸿遍野，树木庄稼也都枯死了，土地也似乎在冒烟。蟾蜍精一心成仙，没有水喝功夫便不能长进，要想成仙只能另想别的办法。它听说吕洞宾和何仙姑在此地不远处修炼，便想去拜两位仙人为师，学习成仙的方法。蟾蜍精先上了仙姑顶，这日正巧何仙姑远渡东海未归，没办法它又来到四门洞，请求拜见吕洞宾。守在洞门前的仙童看见蟾蜍精长得奇丑无比，而且妖气太重，根本就不让它进门。蟾蜍精一见不让进门，便破口大骂，让守门的仙童赶了出去。蟾蜍精没办法，只得在四门洞附近瞎逛荡，试图寻找成仙的门路。它爬着爬着就到了浴仙湖。浴仙湖乃神仙修炼之宝地，不管天有多旱仍是湖水荡漾，水量不减半寸。蟾蜍精一看到湖水便狂饮起来，不出一个时辰，湖水水位就急剧下降，这下可惊动了正在修炼的吕洞宾，他急忙率徒儿出来查看，发现了蟾蜍精正在湖中兴妖作怪，便大喝一声："何方妖孽，敢在此撒野！"

蟾蜍精见到水就不要命了，哪肯罢手，更是加快了吸水的速度。吕洞宾拂尘一挥打将过去，蟾蜍精急忙吐出喝下的水，向吕洞宾射去。蟾蜍精本来是来拜师的，没想到却惹恼了仙人，顿时惊慌失措。这时吕洞宾使出点石指法，正中蟾蜍精的要害。蟾蜍精吐了一口鲜血，拼命使出飞升之术，慌慌张张地离去。

蟾蜍精拼了老命地往回飞，可是到了望仙院附近，它再也飞不动了，一下子跌落在荒草丛中，差点摔了个半死，喘息了大半天才还过阳来，便慢慢地爬了起来，大约爬了两个时辰，好不容易才回到了桃棵子的老巢，便来到河溪中的一块大石之下隐藏起来。蟾蜍精这次是元气大伤，等它缓过神来，急用吐纳之功疗伤，大约又过了两个时辰，蟾蜍精的功力恢复到四成，便掘地三尺，用起了闭息之术，深居不出。

吕洞宾随后四处寻找蟾蜍精，却不见了妖孽的踪影。他沿着蟾蜍精的血迹一直找到桃棵子附近，到了村里也没有发现蟾蜍精的踪迹。他便向附近的百姓打听，才知道蟾蜍精四处危害百姓，恶贯满盈，更坚定了他除妖降魔的决心。于是他便化为一名道士在村子里住下来，细细查问蟾蜍精的去向。可是蟾蜍精用了闭息之功，据说几年不吃不喝不呼吸也能活很长时间。蟾蜍精藏在地下，吕洞宾一时半会儿根本就发现不了它。

蟾蜍精一个多月没有露面，吕洞宾可坐不住了，又没有什么好的办法，只得布阵施法，暗暗念动咒语，恳请天上的顺风耳、千里眼以及雷公、电母等众神仙相助。顺风耳、千里眼二位神仙四处眺望，却始终没有发现蟾蜍精的影子。没办法，吕洞宾又施法唤出当地的土地和山神，经询问二位神仙才知道蟾蜍精藏在那块巨石之下。吕洞宾来到巨石跟前大喝一声："妖孽，还不出来受死！"蟾蜍精哪敢露面，更是拼命向地底深处钻去。雷公、电母大怒，一阵巨声霹雳，将巨石劈开，却还是没有看见蟾蜍精。深居地下的蟾蜍精这次虽然没有被雷劈死，却受了更严重的伤，它强忍伤痛急用遁地之术，在地下四处逃窜，最后钻进了一口深井里继续隐藏，这便是"雷劈石"的由来。

吕洞宾没有办法，只能谢过众神让他们回去，自己回到四门洞继续想办法。吕洞宾回到洞中，便召集众弟子商议对策。他听说徒弟刘海是个"戏金蟾"的高手，便让他去找到蟾蜍精为民除害。

刘海本名刘操，道号"海蟾子"，人称刘海蟾。据说刘海曾经在江浙一带降服过一只长年危害百姓的金蟾妖精，金蟾臣服于刘海之后，为求将功赎罪，使出绝活咬进金银财宝，助刘海造福世人，民间还有"刘海戏金蟾、步步钓金钱"之说。刘海后来师从吕洞宾、汉钟离，最后也成了神仙。

此时刘海正在四门洞跟师父吕洞宾修炼，接到师父的命令，便带着那只被自己收服的金蟾马不停蹄地赶了过去。他来到了峙密山下，四处找寻蟾蜍精的下落，可找遍了全村的河溪湖泊和水井也没有找到蟾蜍精，这可急坏了刘海。这时他带来的金蟾发出了阵阵"呱呱"的叫声，像是在规劝那只蟾蜍精。大约过了半个时辰，蟾蜍精这才徐徐现身，远远地蹲在一块大石上张望着刘海。刘海并没有用武功法力去攻击它，而是闭目静坐在小河的岸边，口中轻唱一首歌:"万类生长皆因善,道法奇妙乃自然。海涵春育在厚德,岂有作恶可升天?吉凶祸福人间事,清静无为便是仙。善信常思己之过,浪子回头金不换……"那歌声嘹亮动听,充满了哲理和仁爱,让蟾蜍精受到了教化,领悟了道的真谛,产生了深深的悔意,便慢慢向刘海这边爬了过来。为了表示自己的悔意,蟾蜍精将自己过去吸取的水回吐到河中,干涸的河溪慢慢地涨满了,井里的水也慢慢多了起来。等它把肚子里的水吐完后,蟾蜍精便匍匐在村头河溪中间的大石块上不动了。刘海用师父吕洞宾所授"点石成金"之术,把蟾蜍精点化成了"金蟾石",永远地留在了桃棵子村,而它的灵魂得以出窍,最终也成了神仙,这就是传说中金蟾石的来历。从那以后,这里的人们在金蟾石的保佑下,不再遭受干旱之苦,山中溪水长年不断,山岭薄地变成了良田,成了真正的风水宝地。

八亩地的故事

■ 王晓明

在桃棵子村西边，有一座巍峨的大山，当地人管它叫"西山"，也叫"八亩地"，因为山顶上面平坦宽阔，整整有八亩之大，这么大片的耕地在这种山区是少有的，于是就取名为八亩地了。八亩地又叫"练武场子"，这是怎么回事儿呢？据说这与一个叫张志彦的人有关。

张志彦，大约出生于清朝同治年间，祖祖辈辈都是桃棵子村人，父母一辈子老实巴交的，生了七个儿子，性格也都随父母那么老实，都是愁着跟人打交道，与陌生人说话都脸红的人。他们一家子就靠在山岭上种点儿地，打点儿粮食生活。可毕竟桃棵子那儿山多地少，又加上他们家人口多，七个儿子最大的才十八岁，最小的才一岁，都是只吃饭，还没力气干活的时候，所以他们生活得很苦，常常吃了上顿没下顿，就只好到地里挖点野菜，上山抓只山鸡野兔，下河摸条草鱼来填补一下。

这一天，十五岁的张志彦和二哥来到西山上，转悠了半晌午，好不容易才抓住了一只野兔，正高高兴兴地准备回家熬好饱餐一顿，没想到刚到山脚就碰到了附近村里那个刘阎王家的三儿子刘豹。这刘阎王可是方圆十多里地的一大恶霸，年轻时曾在沂水城里学过武术，还给大户人家当过护院，他有三个儿子，刘龙刘虎刘豹，个个长得虎背熊腰，刘阎王又从小就教他们练武，把他们教得看谁不顺眼抬腿就踢，扬手就打，四邻五庄的人看到他们就躲，可没人敢招惹他们。现在碰到刘豹，张志彦心里胆怯，但还是硬着头皮去打招呼，于是恭恭敬敬地说："三哥，逛逛啊。"

刘豹却乜斜着眼望着张志彦手里的野兔说："好大的兔子啊，是我家山上的吧？"

西山北边的四脉山是刘阎王家的，张志彦他们是从不敢去的，可这西山却没主啊。

张志彦于是说："不是你家的，是西山上的。"

刘豹却不听张志彦的解释，一把夺过他手里的野兔，还强词夺理地说："这明明是从我家山上跑过来的，你还说不是？"

张志彦正待据理力争，却被刘豹推了一个跟头栽在地上，刘豹一边走还一边得意地说："想抢我家的东西？等你打得过我再说吧。"

这只兔子可是一家人今中午的伙食啊，现在被抢走，难道中午要饿肚子？张志彦还想上前理论，却被胆小的二哥紧紧拽住。

两人垂头丧气地回到家中，跟父母说了野兔被抢的事，可父母除了叹气，也没什么好的办法，好在四弟五弟他们还挖了点野菜回来，大家就喝了点野菜玉米糊糊勉强填了填肚子，又各自出去找吃的了。

说来也巧，张志彦跟二哥刚走出村子，就见路边的大石头上坐着一个三十多岁的精壮汉子，那人看上去很是疲惫了，坐在那里有些愁眉苦脸的。

张志彦和二哥都是老实人，见了陌生人更不敢说话，他们看了那个人一眼，就低头又往前走，可那个人却喊住了他们："哎，小孩，我脚崴了，你们能帮我找地方打点水喝吗？"

二哥自然是吓得站在那里不敢过去，张志彦犹豫了一下，见那人手里拿着个葫芦做的水壶，正一脸期盼地望着他，于是大着胆子走上前接过水壶，跑到不远处的一个泉子里帮他接了一壶水，正巧见泉边的石缝里长了一棵能治疗跌打扭伤的草药，就顺手拔了下来。

张志彦把水壶和草药一起递给那个人，那个人惊奇地望了张志彦一眼，喝了几口水，又把草药用手搓了几下糊在崴了的脚上，见张志彦和二哥想走，就喊住张志彦说："小孩，我看你心地善良，体格也不错，要不你跟我到城里学武术吧。"

刘豹他们之所以横行八道，就是因为会武术，要是自己学会武术了，刘豹他们肯定就不敢欺侮他了。张志彦的心就动了，但他毕竟才十五岁，自己还不敢做主，就转头去看二哥，可二哥只吓得拉着他想快点走。那个人见状也不勉强，就笑笑说："等你想好了再去城里找我就行，我叫王唤吉，就在城南烟叶子市东头开了一家武术馆。"

张志彦点点头，就又跟二哥去山上抓野味了，王唤吉的事也就忘得一干二净了。

促使张志彦下决心去学武，还是因为刘豹。张志彦的父亲在西山根下开了一块地种上了玉米，秋天时玉米都快成熟了，有一天有邻居匆匆跑到张志彦家说："你们快去看看吧，刘豹正牵着牛在你家地里糟蹋呢。"

张志彦的父亲一听急了，忙跑到地里一看，刘阎王家的三头牛早把地里的玉米连啃带踩糟蹋了大半，而刘豹却躺在不远处的一块大石头上睡觉。

张志彦的父亲心里那个急啊，但他不敢得罪刘豹，就小心翼翼地过去喊他："他三哥，他三哥，你的牛进俺家地里了，你快去赶赶吧。"

刘豹却故意装睡不搭腔。

张志彦的父亲无奈，又忙跑到地里自己去赶牛，可牛正吃得起劲儿呢，张志彦的父亲又瘦又弱，哪拽得动它们。

张志彦听说这件事后，也跟着跑了来，却见地里一片狼藉，父亲正垂头丧气地蹲在地头，而刘豹还躺在那里睡大觉呢。

都说兔子急了会咬人，再老实的人也会反抗，小小的志彦眼看着此情此景，便气不打一处来，他捡起脚边的一块小石头，使劲扔向地里的一头牛。其实张志彦的本意就是想吓唬吓唬它们，把它们赶出地来，可没想到事情太巧了，那石头不偏不倚地就打在了牛的一只眼上，那牛疼得"嗷"的一声惨叫，撒开蹄子狂奔起来。由于那牛的眼睛受了伤，没法看路，没跑多远就撞到一块大石头上，竟然就撞死了。

张志彦这下可闯了祸了，刘豹暴跳起来，非要打死张志彦给那头牛陪命不可，吓得张志彦的父亲忙去护着，却被刘豹一脚踢中心口窝，当场就晕倒了。

幸亏有赶来的邻居拉住，又把张志彦藏了起来，刘豹才没找到他。最后经村里的人调解，让张志彦家赔那头牛。刘阎王家的牛自然比别人家的牛更贵，但是没办法，刘豹已经放出狠话，要是不赔上，他就打死张志彦。

这可怎么办呢？张志彦家就是把全部家底都搬出来，也只够赔半头牛的，最后又经村里主事的人商量，张志彦大哥去了外村给别人家当上门女婿，人家给了点聘礼，也赔给刘家，张志彦二哥去给刘阎王家扛三年不拿工钱的长工，这才算把这件事了结了。

张志彦呢？自然不敢在家里待着。他躲在亲戚家里思前思后，觉得他们之所以被别人欺侮，就是因为力量太弱。他们虽然弟兄七个，可是性格都非常懦弱，胆小怕事，就算以后长大了，也是撑不起家门头的，这可怎么办呢？他又想起刘豹抢他那只野兔时说的话："等你打得过我再说吧。"

对，我要是能打得过他，他还敢欺侮我们吗？

张志彦想起了那个叫王唤吉的人，对，就去找他。张志彦于是托亲戚给家里捎了个话，就一个人一路小跑到了城里，打听到烟叶子市，找到了王唤吉。

时间过得很快，一晃三年过去了，张志彦也长成了个十八岁的大小伙子，精壮，干练，双目炯炯，往那里一站，就自带一股英武之气。这天，张志彦收到家里托人带来的口信，说父亲当年被刘豹踢伤后得的心口疼的病越来越严重，也没钱看病，已经卧床不起，看来没多少时日了。而二哥在刘阎王家干长工三年期限已到，刘阎王家却还不放他走。

张志彦找到师傅王唤吉，王唤吉自然知道张志彦家里的情况，就说："你三年没回家了，现在也出徒了，今天就回家去吧。带上你的几个师兄弟，在你家住几天。"

张志彦明白这是师傅想让人去给他助威，于是高高兴兴地答应着，就带上师傅送的礼物，领着五个师兄弟回了家。

张志彦回家先看了看父亲，三年不见，父亲已经憔悴得不成样子。张志彦连忙拿出钱来让弟弟去给父亲找郎中抓药，自己又带着五个师兄弟来到刘阎王家接二哥。刘龙刘虎刘豹三兄弟早听说张志彦回来了，就抱着膀子站在门口，本想张志彦一来就揍他一顿，没想到一见到张志彦，就发现他已完全不是三年前那个胆小瘦弱的小男孩了，又看到张志彦背后那五个铁打的一样的练家子，就吓呆在那里，一句话也不敢说。张志彦也不说话，一抬脚踹断了刘阎王家门口拴牛的那根碗口粗的梧桐树。刘龙刘虎刘豹三兄弟吓得声都没敢吱，抱着的膀子也不由自主地悄悄放了下来。张志彦走进他们家的院子，从小南屋里拽出二哥就回了家。

张志彦天天带着五个师兄弟在附近那些村子里转悠，跟别的人都有说有笑的，只是一看到刘阎王一家就耷拉下脸来。而刘阎王一家呢，自从张志彦回来后，竟然没敢再欺侮人。

受够了刘阎王气的人就跟张志彦说，让他开个武馆，教教附近村里的孩子，这样不仅可以锻炼身体，还可以不受人欺侮。张志彦也早有此意，可是练武需要有宽敞的场子，而桃棵子村稍微平整点儿的地都种了庄稼，他们该在哪里练武呢？后来张志彦想起他以前跟二哥上山打猎时见西山顶上很平坦，重要的是山顶上还有一眼泉水，于是张志彦就决定把练武场放在山顶上，每天学员们的爬山也是一种锻炼嘛。

　　但是有人跟张志彦说，自从那年张志彦打死了刘阎王家的牛后，刘阎王就霸占了张志彦家西山根下的那块玉米地，还把上山的路都截住了，说西山与四脉山相连，是四脉山的一部分，也是他们家的。张志彦听后冷笑一下，根本不管这些，他带领大家来到西山顶上，盖上几间房子，平整了场地，当成了练武场子，便开始教起了武术。而刘阎王家从此对此事根本就没敢吭过声。

　　由于张志彦的师傅王唤吉是在少林寺学过武功的，在县城里名声很响，张志彦又学得扎实，是王唤吉的高徒，再加上张志彦本身就是穷人，待人热情，收徒学费并不高，如果家里穷他也免费教，所以来找他学武的人很多。张志彦的四个弟弟更是近水楼台，不几年也都出了徒。张志彦的家境渐渐好了，父亲的病得到了医治，虽然干不了重活，倒也还健康。他们兄弟几个也都娶上了媳妇，过上了幸福平淡的日子。

　　至于刘阎王一家人，刘阎王得了一场病，真的见阎王去了，刘龙刘虎刘豹弟兄仨迷上了赌博，不几年把家产输了个精光，无奈各自带着老婆孩子下东北去了。

　　张志彦年纪大了后，正好也到了抗战时期，到处都兵荒马乱的，便不再教武术了，西山顶上那个练武场也闲了下来。天长日久，山顶上长满了荒草，后来又被别人开垦出来种上庄稼，不多不少，正好八亩整。于是人们有时也把那个"练武场子"叫作"八亩地"。

狼窝子与虎家峪

■ 曹学同

在挡阳柱山北侧的半山腰有一片大小不一的青灰色巨石群，或卧或立，层层叠叠，在几棵苍劲粗大的老栗子树衬托下格外显眼，这儿就是当地有名的狼窝子。向西跨过一道山梁子是虎家峪，是一处老虎的巢穴。狼窝子、虎家峪肯定与狼、虎有关，自古以来桃棵子村的崇山密林地貌，自然是野生动物的天堂，野狼猛兽的世界。如今山下村子里八九十岁的老人们说起来还记忆犹新，每当傍晚日落时分，时常看见成群的狼聚集在山顶上，上蹿下跳，山前野狼嚎叫，活跃兴奋之态令人不寒而栗。直到 20 世纪 70 年代末，村民们还见到野狼出没。

一条通往夏蔚方向的公路由村东南向北盘旋而上、翻山而过。行进在公路上，放眼那片盘踞半山腰的巨石群，如同一帮士兵扼守关口，以巨石群为中心向下辐射几十米的范围，形态各异的滚石错落有致地成扇形布局，更像一群正在冲锋陷阵的士兵向山下冲去。用兵家眼光看，此处隘口，正是伏兵御敌的上佳位置，只需架起一挺机枪，那可是一夫当关万夫莫开。

纵看整个挡阳柱山脉，群峰矗立，断崖峭壁，这群巨石无疑是地壳变化或造山运动留下的结果。石头有鲜明的地域特点，桃棵子山上的石头和整个沂蒙山区的石头一样，大多圆滚滚的，且颜色不相同，北山的石头是暗红色的，而南山巨石堆的石头却是青灰色的，狼群隐藏其中，皮毛接近石头颜色，的确难以发现，不得不赞叹狼是利用自然环境隐蔽自己的高手，又名刁狼可谓名副其实。

当地人都知道，那天然的巨石群为狼群的居所撑起了空间，成为狼群保护自身安全的天然屏障。巨石上方是茂密的树林，紧靠巨石群下方，一潭清澈见底的泉水，长年不干涸。背靠天险，倚山近水，看来颇具灵性的野狼和人类一样，专找依山傍水的福地定居。得天独厚的自然条件为这群野狼提供了理想的安乐窝。从狼群的表现看得出，它们始终是亢奋的。当地老人们说，每逢月亮圆满的夜晚，狼群显得格外兴奋，狼嗥的声音格外大。这其实是狼特有的一个习性，即人们常说的狼吠月。它们聚在山的最高处，对着圆圆的月亮竭力长嗥，其原因至今专家也无法解释。

令人不解的是，狼群所在地的西侧，隔道山梁子就是老虎的地盘——虎家峪。很明显，老虎的活动区域向西延伸，山前山后连绵的群山都是它们的活动区域。那么，老虎作为一种猛兽，能长时间与这个狼群和平共处，好像不太合乎情理。

关于老虎的来历，当地流传着这样一个故事。说挡阳柱山后原来只有狼窝而没有虎穴，不知哪一年，一只高龄怀孕的母虎从西边穿过"八亩地"来到了挡阳柱山。这只母老虎身上还带着伤，应该是遭到猎人袭击后逃到了这里。常言道：虎落平阳被犬欺。这只受伤的老虎，没想到来到挡阳柱山遇上了群狼，当狼们意识到眼前这只老虎已没有了攻击能力，且似奄奄一息后，那颗惧怕兽中之王的心放了下来，只是眼睛泛着绿光傻呆呆地看着老虎。后来，狼王用头逐个拱了拱群中的每只狼，用特有的肢体语言发出散了的指令。让那只母虎感到意外的是，不一会工夫，狼王又回来了，叼着一只刚捕获的野兔放到了母虎的身边。

狼的友好相助，把濒临死亡的母虎救了回来，此后过起了吃喝无忧的日子，身体也很快健壮起来，两个月后生下来一对虎崽，一公一母双胞胎。从此，狼家和虎家成了近邻，狼靠虎撑腰，猎人从此不敢进山打猎了。虎呢，有狼在山口当眼线，一有风吹草动就知道，每当危险来临先是狼群打头阵，不用担心小虎的安全。这样两家和平共处许多年相安无事。不过，虎家在这里生活的时间明显比狼少，据说已有几百年没有虎的踪迹了。其原因谁也说不清楚。但有人曾说，北宋梁山好汉李逵回乡接母所杀四虎即是此山老虎。反正在张家搬迁来以前，这里已无虎的踪迹。

挡阳柱山上虎家消失了，但狼们在这里生活得依旧惬意。

因挡阳柱山的遮挡，这里的日落要比其他村落早得多，特别是冬季，下午二时许就见不到阳光了。这对巨石堆的狼群来说更是提供了便利。狼的习性乃昼伏夜出，因此这群狼在这地盘上享受美食的时间格外长。据说，每当落日在西山隐去，一只仰头挺胸、体形健硕的野狼敏捷地跃向最高的石顶，这是狼的头领，即人们常说的狼王，一对尖立的耳朵，蓬松摆动的尾巴像只大野兔，灰青色的皮毛接近巨石的颜色。它用特有的眼神极力向四周凝视着，尖而健壮的上颚顶头，两只鼻孔用力吸嗅着，然后抬首后仰，"呜——呜——"，低沉的嚎叫声回荡在整个山谷，这是行动的指令。然后又是一阵"呜——呜——呜"的群狼嚎叫，这是同类发出了回应。一只只野狼从巨石空隙中鱼贯而出，在洞中整整睡了一个白天后，个个精神抖擞，散而有序地紧随狼王扑向黑黑的密林，一切都是那么顺畅自然。

山下峪底，那些傍溪而居的农者，早已习惯了这里的太阳，没有时钟，只凭感觉习惯地掌握自己的耕作时间。在太阳接近挡阳柱山顶时，就早早地收拾了农具，赶着羊拽着牛，陆续地回到家中。收拾妥当，紧闭柴门，一家老小居屋不出，把漫长的暗夜让给狼们。顽皮的孩童难以入睡，纠缠着大人拉个呱，无奈大人搬出不知唠叨多少遍的陈年老段：从前呀，山上有一只老狼精，变成了一个白胡子老汉，背着袋子从山上下来，他听见谁家孩子不听话时，就来到了这家门前悄悄地等着，只要小孩被赶出门来，他立马把小孩装在袋子里背走了……这时很可能从屋外传来一声狼叫，吓得小孩立马不敢多语，或埋头钻被，或拱在大人怀里悄然入睡。

黎明，当东山顶上刚现鱼肚白，这群外出觅食的狼群带着满足，朝着巨石堆方向颤悠悠地奔来。这是狼群跑得熟得不能再熟的路线了，齐腰深的野草已被狼群践踏出一条圆形的通道。村民们早已掌握了狼群的出入规律，天明后也都开门上工了。

如今，桃棵子山上的虎群、狼群早已消失。随着人们的环保意识不断增强，山区生态植被明显恢复，野生动物也成了人们盼归的宠物。桃棵子村周边山脉、树林具有野兽生存条件，如果虎狼真的"回归故里"，睿智的人们会毫不吝啬地给它们一块生存的空间。他们盼望不远的将来挡阳柱山或许会有一个新的"狼窝子""虎家峪"出现，使人与动物和谐共处不再是虚幻的故事。

凤凰台上凤凰游

■ 王晓明

桃棵子村其实并不是连在一片的一个村庄，而是由许多散落在一条大山坳里的小自然村组成的一个行政大村。就在这条俯瞰像一个大如意一样的山坳的拐弯处，也就是如今红嫂纪念馆的正东方，有一座大山，当地人管它叫凤凰台。

为什么叫凤凰台？是真的有凤凰吗？是天宫里的凤凰吗？那天上的凤凰为什么会到了人间？这里流传着一个美丽的故事，请听我慢慢道来：

话说玉皇大帝有七个女儿，就是七个仙女，这一日七仙女中的五仙女和六仙女无所事事地坐在自己的闺房内发呆。她们是玉皇大帝的女儿啊，不用织布，不用缝衣，更不用做饭、种地，她们也不想看书，其实哪有什么书可看呢？天宫里能给她们看的书，就那么几本，无非就是教导她们要清修、洁身、仁爱，从小读到大，都读了几万年了，早都读得恶心了。唉，世人都说神仙好，哪知神仙更烦恼。天宫虽好，仙女虽美，但毕竟太清冷，清规戒律也太多，仙女们在天宫中生活，几万年如一日，实在太寂寞了。于是就常有仙女偷偷跑到人间玩耍，反正人间的一日，不过是天上的一瞬，只要玉皇大帝和王母娘娘发现不了，哪个天神敢管她们？何况哪个天神没偷偷跑到过人间？

五仙女和六仙女在闺房内发了一会子呆，六仙女突然说："五姐，咱们好久没到人间去逛逛了，此时正是春回大地、桃花盛开的季节，再去看看如何？"

五仙女也有些心动，但还是有些犹豫："要是让母后发现了，会生气的。"

六仙女忙说："我听说父皇和母后正在大殿会见从西天来的如来，他们哪有工夫理咱们。而且他们什么时候理过咱们了？咱们就去一会儿，谁会知道呢？"

五仙女笑道："说的也是，咱们去散散心，马上就回来，没人发现的。"

五仙女的话还没说完，就听得窗外一声怒喝："大胆，你们两个竟想偷偷下凡，我去告诉王母去。"

姐妹俩吓了一跳，忙出来看，才发现是替王母娘娘看管蟠桃园的婢女凤儿。姐妹俩知道她是在开玩笑，才放下心来。

凤儿却紧接着问："五小姐六小姐，我就不明白了，人间到底有什么好？夏天热死，冬天冻死，还刮风、下雨、下雪，而且人的生命还那么短，一眨眼，就长大了，一眨眼，就老了，再一眨眼，就死了。还有，你们说要去看桃花，难道那里的风景能有咱们御花园里的美？那里的桃花比咱们蟠桃园的艳？"

六仙女说："人间的美，美就美在它有四季，春花、秋月、夏雨、冬雪，各有各的不同。哪像咱们天宫，每一天，每一年，都是温暖的、和煦的，没有狂风、没有暴雨，那太阳一点都不热，那雪花一点都不冷。一天和一年根本没什么不同，一年和一万年也根本没什么不同。"

五仙女也轻轻地叹口气，说："是啊，天宫美，美得精致，无可挑剔。可正是这种精致和无可挑剔，让人觉得毫无生趣。倒是人间的不完美，人生命的短暂，这才会让人们觉得世间的一切都是值得珍惜的，无论是亲情、友情，还是爱情。"

凤儿更加惊奇，拽着她俩不放："人间到底是什么样的？我从来没有去过，这次你们一定要带上我，不然，哼哼，我可真要去王母那里告你们。"

见五仙女六仙女还在犹豫，凤儿却笑笑说："我问你们，你们以前每次都是驾云去的吗？路那么远，是不是很累啊？"

五仙女六仙女想了想，的确，每次驾云下去，半空中风大，雾大，往往弄得衣服头发都湿乎乎乱糟糟的，每次落地后，都得收拾半天才行。现在见凤儿这样问，就说："是啊，可那也是没办法的事啊。"

凤儿得意地一扬头："有办法。我驮你们去啊。"

这凤儿原本是一只凤凰，只因在蟠桃园中长大，吃多了蟠桃，喝多了玉露琼浆，所以很快身体里积蓄了天地灵气，仙化为人形。要是能让她驮着下去，那肯定是风吹不着，雨淋不着，不用费力，眨眼就到。

说走就走，这凤儿摇身一变，现回原形，成了一只五彩凤凰，五仙女六仙女忙跨上去，凤凰用翅膀把她们一遮，然后腾空而起，两姐妹透过凤凰翅膀的缝隙，一边欣赏着外面的景致，一边指点着要去的路线，不一会儿，就降落到一座大山顶上。

五仙女六仙女从凤凰身上下来，果然头发整齐衣裳干爽，而且一点也没受累。这凤凰也摇身一变，又变成婀娜多姿的美少女凤儿了。

凤儿往四周一看，只见这里群山连绵，清溪潺潺，满山坡的桃花红艳艳的，就像粉色的云海。一座座看似简陋的茅舍，就散落在这大山的山腰里、山坳里、桃花林旁。那桃花林里，更有农人在锄草，孩子在笑闹。桃花倒真的不如蟠桃园里的桃花精致，颜色却是深深浅浅，香气清雅，引得蜜蜂蝴蝶在花丛中飞来飞去。而仰头望望她们来时的天空，碧蓝如洗的天空，几缕白云若有若无地飘荡在远山之上。一切看上去是那么恬静，充满生机，的确比天宫里的世界更充满生命的活力。

见凤儿这么着迷，五仙女六仙女相视一笑，五仙女说："每次来，我都喜欢到西边山腰里看桃花，六妹喜欢去东边小溪旁采花玩，你是跟着我们？还是自己想去哪里看看？"

凤儿望了一眼山脚下的那条小溪，只见它清亮如带，弯弯曲曲，突然来了兴致，就说："我喜欢这条小溪，我想顺着它往上走，看看它的源头在哪里。"

五仙女点点头，又叮嘱道："那我们分头游玩，等太阳落到西边那个山头时，咱们再在这里集合，一起回去。但你千万不要随便和凡人说话，有故意跟你搭话的男子，你更不要理。"

凤儿点点头笑道："那是自然，那些凡夫俗子，我理他们干什么。"

五仙女六仙女放心走了，凤儿下山来到小溪边，蹲下身子，想去捉一条鱼儿，可那鱼儿活泼泼的，一扭身就逃掉了。凤儿站起来，长长地呼吸一口，感觉这里的空气似乎也比天宫中的空气更清新一些。

她顺着小溪慢慢往上走，小溪的两岸全是桃花林，小溪边更是开满了各种各样的野花，有紫色的、黄色的、白色的，它们看上去是那么不起眼，可仔细看去，又是那样地美丽、与众不同。凤儿走走停停，一会儿采一枝野花，一会儿去追一只蝴蝶，一会儿又俯身去水里想捉条小鱼，没有了在天宫里的那种束缚和拘谨，她感觉心情无比轻松，真想随着那蝴蝶翩翩起舞。

突然，她听到前面一声响动，忙抬头看去，只见一个二十多岁的小伙子，中等个子，大大的眼睛，穿一身青色粗布短衣，显得尤为干练，他的肩上挑着一担柴。当然，这些根本吸引不了凤儿，天宫中什么样的人物没有？哪一个都比这小伙子英武帅气，可令凤儿感兴趣的是，这小伙子一边迈着大步走着，一边哼着小曲，心里似乎有着无限的快乐。这与天宫中那些人就不同了，天宫中似乎所有的人都板着一张脸，喜怒哀乐根本都看不出来。

凤儿禁不住用目光一直追随着他，见他到了一户农舍前，大声喊道："二奶奶，给您送柴来了。"

这时从屋里走出来一位拄着拐杖的老太太，抓着小伙子的手说："春来啊，累了吧，快坐下歇歇，我这个孤老婆子真是多亏了你啊。"

小伙子笑道："二奶奶，您老别客气，反正我也就是顺手多打点柴罢了。我走了啊，大伯最近腿疼，我再去给他挑担水，过几天再来看您。"

老太太点着头："哎，真是好孩子啊。"

小伙子走了后，凤儿走过去问道："老人家，那小伙子是谁啊？常来给您送柴？他怎么那么爱笑啊？"

老太太说："你是来俺这庄上走亲戚的吧？你不知道啊，这个春来可是个苦命的孩子啊。他小时候是被前面狼窝子里的狼叼来的，被这庄里的人救下来后，大家伙就一块把他养大了。他知恩图报，照顾我们这些孤寡老人，给我们挑水、打柴、种地。唉，就是这二十好几的小伙子了，到现在还没娶上个媳妇。"

老太太说着，突然看了看凤儿，笑道："闺女，你有婆家了吗？"

凤儿知道老太太的意思，脸一下子红了，忙说："老人家，我还有事，先走了。"

凤儿说完，逃也似的跑了。

从老太太家出来，凤儿继续沿着那条小溪往上走，拐过了一道山，那小溪变细变窄，竟然钻进一片桃花林里去了。凤儿估计快到小溪的源头了，就弯着腰钻进桃花林。在这里乱石更多，杂草也多，而且头顶上还有纵横交错的桃树枝，凤儿一边看着脚下的石头，一边还要顾着头顶上的树枝别勾住她的发髻，一不小心却被一块石头绊倒，她一下摔倒在了小溪里，衣服也湿了，头发也乱了，胳膊也磕出了血。

凤儿疼得眼泪都流了出来，正在不知如何是好时，桃林里突然跳出个人来，凤儿一看，竟然是春来。

因为刚刚在老太太那里见过他，凤儿见了他就感觉像熟人一样，于是喊道："哎，春来，过来，我的胳膊受伤了。"

春来没想到这个陌生的姑娘认识他，就以为是附近村庄的，于是笑道："这点小伤没事。"

说着就从身边的草丛里拔出一棵野草，用两只厚实的大手掌一搓，然后一手抓住凤儿的胳膊，一手把那棵野草绿绿的汁液抹在凤儿的胳膊上。

凤儿吓得一边躲一边大叫："这是什么？你给我抹的什么？"

春来一脸无辜地说："这是蒌蒌芽（即刺儿菜）啊，我在给你止血啊。"

凤儿怀疑地抬起胳膊看看，果然那野草的汁液一抹上去，伤口就不流血了，也一点儿也不疼了。凤儿不由得对春来刮目相看。

见凤儿目不转睛地盯着自己，春来的脸不由得又红了。而春来的脸红让凤儿更觉得有趣，就想再捉弄他一下，于是又故意一迈步，接着"哎哟"一声，说："我的脚也崴了，这可怎么走路呢？"

春来也为难了，抬手挠着自己的头皮，不知如何是好。

"我家离这里很远，我又累又饿，脚又崴了，也走不回去了，不如你先背我到你家喝口水休息一下吧。"凤儿说。

"这，这怎么行？"春来为难地说。

"怎么不行？你不同意？听说这里常有狼出没，你总不能见死不救吧？"见春来还在犹豫，凤儿又说。

"这里的确是有狼，让你自己在这里也不太安全。好吧，我家反正也不远，你去休息一会儿也好。等你的脚好一点，我就送你回家。"春来说着，就蹲下身子把凤儿背了起来。

凤儿趴在春来的背上，嗅着春来身上散发出的阳光和桃花混合在一起的香气，心突然怦怦地跳了起来，感觉自己的脸也烧得厉害，她想，自己难道喜欢上这个善良淳朴的人间小伙子了？

春来的家就在桃林的边上，只有两间茅屋，里面看上去很简陋，但被他收拾得干干净净的。这不由得让凤儿又高看了他一眼。

春来把凤儿放在门口用树墩子做的凳子上，就忙着去门前的炉子上烧水。烧好了水，又忙端到凤儿面前："水好了，你快点喝吧。对了，脚还疼吗？我给你舀点热水烫烫脚，这样好得快。"

凤儿的脚疼本来就是装的，这会儿忙说："好了，已经不怎么疼了，不用烫了。"

凤儿说着站了起来，她见春来的床上搭着一件褂子，衣襟上破了个大口子，于是说："我帮你补一下吧。你给我找来针线。"

春来忙拿出针线说："那太好了，以前都是二奶奶帮我补衣服，她最近眼睛不太好，我也没好意思麻烦她。"

"以后我给你补吧。"凤儿随口说道，说完又觉得失言，好在春来没听出来。

没一会儿，凤儿就把春来的褂子补好了，那针脚又细又密，不仔细看，几乎看不出补过一样。春来拿在手里不禁赞叹："你的针线活真好，我从没见过谁有这么好的手艺。"

凤儿的脸红了红，忙打岔说："我是路过你们这里，你领我四处转转怎么样？"

春来答应着，两个人走出屋，来到了桃花林里。阳光暖暖地照着，朵朵桃花红艳艳的，散发出淡淡的清香。凤儿只觉得头脑里晕乎乎的，心里就像灌了蜜一样，他们走着，聊着，不知不觉，竟然日已西斜，到了与五仙女六仙女约定该回天宫的时间了，凤儿的脸上不禁露出了恍惚的神色。春来知道该送凤儿回家了，但他还是有一些留恋，于是依依不舍地说："太阳也快落山了，我送你回家吧。"

凤儿的心里这时突然有些难受，她不明白，一天的时间怎么过得那么快？她不想走，可又找不到理由留下来。只好由春来护送着慢慢往前走，快到与五仙女六仙女集合的山顶时，凤儿突然拿定主意，她对春来说："我的家人就在山上，你先在这里等一下，我过去跟她们说一下，再叫你过去。"

春来听话地点点头，就停在了那里。

凤儿爬上山顶，走到五仙女六仙女跟前，扑通一下跪倒，把五仙女六仙女吓了一跳，问道："凤儿，你这是干什么？"

凤儿红着脸说："五小姐六小姐，我不想回天宫了。"

接着，凤儿就把她遇到春来的事详详细细地说了一遍。

其实五仙女六仙女何尝没有过这样的幻想呢？只不过她们自己并没有遇上。她们是真心地希望凤儿能够在人间得到幸福，但还是担心地说："不行，要是让我母后知道了，不会饶了你的。"

凤儿说："人的生命短暂，最多不过百年。而这人间的百年，在天宫也不过是几天而已。等春来百年之后，我就回天宫，想来王母不一定会发现。"

五仙女六仙女想了想，也的确是这么回事儿。再说凤儿是看守蟠桃园的，这时节蟠桃园中的蟠桃早都采摘完了，王母是绝不会去的。而且即使是蟠桃成熟的时节，王母也是不去的，都是由仙女们摘了送过去的。

想到这里，五仙女就说："好吧，那你想清楚了就留下来吧，但要记住了，等春来阳寿一到，你一定要回去。"

凤儿点点头，却又说："凤儿还想请五小姐六小姐帮忙演一出戏。"

六仙女一听来了兴趣："好啊，演戏？怎么演？"

凤儿悄悄跟五仙女六仙女一说，两人皆拍手道："好好，你放心吧。"

凤儿回去找到春来说："我家人要见见你。"

春来跟着凤儿走过去，一看是一位老太太和一个青年，凤儿说："这是我母亲，这是我哥哥。"

老太太笑眯眯地拉着春来的手说："你就是春来啊，一看就是个憨实的小伙子。是这样，我们是去外地投亲的，路过这里，带着凤儿走也很不方便。我看不如这样，我把凤儿嫁给你，这样你就有媳妇了，凤儿也有落脚之地了，我和她哥哥也能走得快点了。"

春来早就对凤儿有意了，刚才还在为凤儿即将离去偷偷伤心呢，现在一听要让凤儿给他当媳妇，忙跪下磕头："见过岳母，见过大哥。你们放心吧，我一定会对凤儿好的。"

看着老太太和那个青年走远，凤儿说："春来，咱们回家吧。"

春来红着脸说："好，咱们回去。"

走到远处的老太太和青年，见四处无人，转身变回原形，原来是五仙女六仙女。

再说村民们知道春来娶了个漂亮的媳妇，纷纷前来祝贺，有的拿着两个鸡蛋，有的拿着从山上打的野鸡野兔。二奶奶家里穷，就拿出了一块自己结婚时的红头巾，她都已经保存了六七十年了，上面散发着一种浓浓的霉味儿。凤儿拿着那个红头巾，看着面前那些穿着补丁衣服的村民，眼泪差点儿流了出来，她没想到人间会这么穷。可她又想，这里山清水秀，怎么可能穷呢？

凤儿问春来，春来不禁又叹一口气说："咱这儿并不穷，有漫山遍野的桃林，桃子个大味美如天上的蟠桃，可是咱们这里四面环山路不好走，桃子运不到山下，只能白白烂掉了。"

凤儿听了没说话，但她心里早有了主意，到了晚上，凤儿趁春来睡着了，就施法请来了天上的雷公电母雨婆婆，让他们下了一场惊天动地的暴雨后，第二天雨过天晴，人们惊奇地发现，从村庄一直往东到达山外，沿着小溪，竟被洪水冲出了一条平坦宽阔的道路。人们那个高兴啊，有了路，何愁山里的桃子卖不出去？果然到了桃子成熟时，山外来了很多商人，把这里的桃子一购而空。

二奶奶有钱了，找郎中拿了药，吃上后眼疾竟然很快好了，大伯的腿疼病也找郎中给治得轻了很多。大家都说，都是因为有了这路，大家才富起来了。

但凤儿始终没有跟大家透露这路是她找来雷公电母雨婆婆给劈出来的，她只是和春来过着你耕田，我织布，你打柴，我挖野菜的日子，两个人恩恩爱爱，守着桃园，不知不觉三年就过去了，凤儿也为春来生下了一儿一女。凤儿以为，这样美好的日子会一直过下去，直至春来的百年之后。那时，他们的两个孩子也都大了，也都成家立业了，她一定能装得跟凡人一样有生老病死，不会有人看出破绽的。

可没想到的是，王母娘娘竟发觉了她下凡的事。

原来王母娘娘和玉皇大帝在大殿会见如来，又一起用过宴席，看看时间还早，王母又陪诸仙在天宫中四处闲转，不知不觉竟然到了蟠桃园边。虽然此时蟠桃园里已没有蟠桃，但依然碧叶如盖，鸟语花香，王母想让凤儿打开蟠桃园的门让大家进去逛逛，可到处都找不到她。整个天宫中没有，还能去哪儿？王母心中明白了八九分，她不动声色，送走如来诸仙后，就命千里眼和顺风耳到人间去寻找凤儿。

千里眼和顺风耳其实只站在南天门上往下一看，就清清楚楚地看到了凤儿。他们回去后如实向王母禀报，说凤儿偷偷下凡，已在人间生了一儿一女。王母娘娘听后勃然大怒，把手中正拿着的一个玉如意使劲往下一扔，说道："二郎神听令，快去给我把那个奴婢抓回来。"

你知道王母这一生气，把玉如意扔到哪里去了？原来就扔在了凤儿和春来住的地方，玉如意是从天上扔下来的，力度自然很大，一下就把那里砸出了一个很深的山谷，形状就是那个如意的形状。凤儿家的房子被玉如意砸得粉碎，幸亏当时他们一家正在桃园里，所以并没伤到。

对于这从天而降的灾祸，大家都不知所措，只有凤儿一看就明白了一切。她让大家都藏进山上的各个山洞里，又对春来说："你知道我的来历吗？"

春来说："不是你母亲和你哥哥去外地投亲，带着你不方便，才把你留下的吗？"

凤儿苦笑一下，抬头望望天空，说："我是从那里来的。"

春来也随着凤儿的目光往天空上看，却只看见天空中乌云密布，电闪雷鸣。

"我是天上的凤凰，私自下凡与你成亲，现在王母知道了，派人来抓我回去了。"凤儿叹了口气说。

"啊？"春来大吃一惊，"你是天上的仙女？"

"你是不是怪我欺骗你？"凤儿问。

"不，我不管你是谁，不管你是人还是神仙，你都是我的媳妇，都是孩子的娘。"春来抓着凤儿的手说。

两个孩子虽然小，不知道发生了什么，但也是吓得一左一右地拽着凤儿的衣襟直哭。

凤儿心如刀绞，为了不让这件事殃及别的村民，现在唯一的办法也只能是她自己去承担了。眼看二郎神马上就来了，她忙把春来和两个孩子塞进身旁的一个山洞。

春来说什么也不同意，非要和她一起找王母理论，凤儿痛苦地摇摇头："为了两个孩子，你一定要听我的，不管发生什么，你们都不要出来。我自己会想办法的。"

春来泪流满面，可望着两个已经吓得哭不出声的孩子，也只能眼睁睁地看着凤儿爬上了山顶，然后被一阵狂风卷走。

二郎神把凤儿捉拿回来，扔在大殿上，王母一看怒斥道："大胆奴婢，你私自下凡，该当何罪？"王母越说越来气，要把凤儿处死。早就得到消息匆匆赶来的五仙女六仙女吓了一跳，又想凤儿毕竟是她们带下去的，要是有错，首先也是她们的错，绝不能让凤儿一个人承担，于是来到大殿上跪下说道："母后，都是孩儿们的错，是我们带凤儿下去的，要是惩罚，就惩罚我们吧。"

王母一见是自己的女儿，又气又无可奈何，从轻发落了凤儿，五仙女六仙女的罪责自然更轻。王母于是趁机说："凤儿死罪可免，但要消去她万年功力，让她待在蟠桃园中，永世不得外出。"她随即望着五仙女六仙女说："你们就待在各自的房中，闭门思过一百年吧。"

凤儿和五仙女六仙女叩头谢恩，各自去服罪不提。

再说自从二郎神把凤儿抓走后，春来就在凤儿被二郎神捉去的那个山顶上又盖了两间草房，独自带着两个孩子住在那里，每当孩子哭着找娘的时候，春来就指着天空说："看到了吗？那就是你娘的家，她去你们的姥娘家了，很快就回来了。"

孩子们就在望着天空、盼着娘回来的日子里，慢慢长大，结婚生子，繁衍后代。春来活了整整一百岁，春来死后，他的后人就把他埋在了山顶上。因为那座山是凤儿来人间和回天宫时起落的山，后来大家也就把那座山叫凤凰台了。

又不知过了多少年，山下的村庄几迁几聚，村里的人来来去去，春来和凤儿的后代有的迁走了，有的也还留在那里。可那里的桃花依旧年年盛开，桃子依旧又脆又甜。更重要的是，那里的人还酿出了清香醇厚的桃花酒。

传说唐朝时期，大诗人李白去沂山游玩后，听说沂地深山里的桃花酒很好喝，就专程而来。他在山下一家小酒肆里要了一坛上好的桃花酒，一边喝，一边听村里的人讲了这个故事，不由得诗兴大发，随口吟出："凤凰台上凤凰游，凤去台空水自流。"可是还没等他吟完这首诗，桃花酒的酒劲涌上来，他一下趴在桌子上睡过去了。而等他醒来，书童又催着他快点赶路，他也就把这首诗给忘了。后来等他到了金陵，游览那里的凤凰台时，突然想起了在沂地深山里的那个凤凰台，于是就把那首只有两句的诗续写了下去，改为："凤凰台上凤凰游，凤去台空江自流。吴宫花草埋幽径，晋代衣冠成古丘。三山半落青天外，二水中分白鹭洲。总为浮云能蔽日，长安不见使人愁。"

所以说这首诗虽说是描写金陵凤凰台的，但起源还是在桃棵子村西的凤凰台。

水帘洞的故事

■ 刘海洲

　　桃棵子西山半山腰上有一个水帘洞，当地人也叫"滴水檐子"。这个水帘洞正处在这条山脉上三分之二处悬崖峭壁的上端平行线上。从村东南的挡阳柱，到村西北的四脉（峙密）山，这一溜山脉虽然不是"崮"，却都带有崮的特点，即山坡在逐渐爬高时，突然形成一道十几米高而直立的岩石峭壁，峭壁之上不是平顶，而是仍有坡度形成的山脊。如果悬崖峭壁之上是平坦的，没有山峰的话，这样的山就叫"崮"，地质学名叫"方山"。山顶不是平坦的，仍然叫山。水帘洞这个地方，是条小的山沟，上面的雨水流下来时，突然遇到了断崖，水流从十几米高的地方跌落下来，于是就形成了瀑布。经过千百万年的流水冲蚀，瀑布下面冲成了一个水潭，峭壁也被冲蚀凹陷进去，逐渐形成了能藏几十个人的山洞。后来，上面的水再流下来时，流水空悬，形成了弧形的水帘。这一带植被好，雨量充沛，干旱时也有山泉滴答，夏季汛期时，就会出现一道美丽壮观的水帘。而在冬季时，则更为壮观。冬天下了大雪后，白天上面的积雪融化了流下来，晚上温度降低后，水帘就变成了一道银色的冰瀑。这道银色的冰挂瀑布，是桃棵子冬季最美的一处景观，在山上青松和黄色菠萝丛的映衬下，非常好看。城里很多人专门开车来此观赏这一奇异景观；有些摄影高手，每年冬天都来此地，专门拍摄这个冰帘瀑布。

这个水帘洞不仅是个奇特的自然景观，它还有一个美丽的传说故事。

话说大唐贞观十九年（645）正月二十三日，唐三藏和几个徒弟经过了长达十七年的千辛万苦，终于回到了首都长安。这天整个长安几乎倾城来迎接他们，史载"道俗奔迎，倾都罢市"。不久，唐太宗李世民接见了三藏，并对主仆四人给予了奖赏。会见中，太宗劝三藏还俗出仕，遭到婉拒。三藏说他取回经卷仅仅是走完了第一步，必须亲自把这些佛经翻译出来才能造福民众。于是太宗同意由他组建一个多达七百人的翻译佛经的庞大道场，负责翻译整理出版等所有事宜。三藏本想让跟随自己取经的三个徒弟留在身边，在译经院做后勤服务性的工作，他这样安排有两个目的：一是解决三个徒弟的就业问题；二是把他们留在身边，免得他们在社会上做出违法乱纪的事情，影响自己的声誉。三个徒弟虽然没有"学历"，但他们却为取经成功立下了汗马功劳，留在译经院享受公务员待遇，并不违反大唐人事制度。谁知当三藏告诉他们这个打算时，悟空、八戒和沙和尚一个也不想留下。悟空自由惯了，最讨厌朝九晚五的坐班生活，八戒早就想着尽快回高老庄和高员外家的小姐结婚，沙和尚的性格最随和，去留都无所谓，但见两个师兄坚决不留在长安，也就提出来要回原籍流沙河。三藏看留不住他们，便无奈地说道：也罢！既然咱们师徒的缘分已尽，我也不强求你们。你们回去后好好生活，如有什么困难，随时来长安找我。我们定个好日子，一块吃顿饭就各奔前程吧。三藏略一深思，说道，明天是二月十九日，正是观音菩萨的诞辰日，这个告别午餐会就定在明天吧。

在师徒最后的午餐会上，他们以茶代酒，师徒四人共同回忆了取经路上的艰难困苦和各种有趣的经历。正吃着聊着，悟空习惯地一拍脑袋，想起一路上带个金箍吃尽了苦头，总觉自己太吃亏了。因此狠狠地说：我抽空去找观世音去！她口口声声救苦救难，却非得和我过不去。三藏连忙制止道：阿弥陀佛！万万不可对观音菩萨出言不敬，她整日里东奔西走，解厄救困，普度众生。再说，我现在也很难见到她了，连见她的秘书都得事先预约，你这个级别的就更难见到她了。哎，还有一事尔等要注意：以后提到观世音时就叫"观音"吧，当今圣上的名讳中有个"世"字，万万不可再用这个字了。悟空仍然愤愤地说：那我就再大闹一次天宫，看她出不出来见我！三藏道：你忘了上次被压在五行山底下的事了吗？说起来你得感谢观音才是，是她提议放你出来保护我取经的，要不是她你现在还在五行山下囚禁着。悟空想想也是这么个理，便不再说什么了。

离开长安后，孙悟空便想尽快回到东海边的花果山老家去。花果山虽然没有长安的繁华和热闹，但那里却是自己的独立王国，一切自己说了算。在环境上花果山也比长安好，面朝大海，远处海天一色，近处白帆点点。山上春天野花烂漫，秋天山果累累，空气质量更是长安无法比拟的。孙悟空还有一个想法藏在心里很久了：他要在花果山的猴群里挑选几个年轻漂亮的母猴作为自己的王后和妃子，趁着年轻多生几个带有自己 DNA 的后代，把猴王之位永远控制在自己的子孙手中。然而，就在悟空返回花果山的路上，他却突然改变了主意：离开花果山十几年了，现在突然回去，现任猴王会欢迎我吗？自己走后出生的那一代已经成长为猴群的主要力量，他们对自己毫无感情，如果继任者害怕我回去重掌权力，因而长期向猴群对我进行妖魔化宣传教育的话，即使我的金箍棒能征服一切，可那花果山将会变得腥风血雨，而不是过去的一片祥和欢乐的家园了。在回去之前，必须将花果山的情况了解清楚，以便制订一个万无一失的应对之策。于是他便决定先在沂蒙山找个地方住下来。沂蒙山区与花果山不远也不近，既能打听花果山的情况，也不至于暴露自己即将潜回花果山的事实。

就在孙悟空驾着筋斗云在沂蒙山区上空察看临时住所时，一片灿烂的山花吸引了他的视线。飞到近处一看，原来这个山坳里全是桃树，漫山遍野的桃林正灼灼盛开着鲜艳的桃花，蜜蜂和蝴蝶在花丛中翩翩起舞，一条小溪欢快地流向远方……看到这里，悟空心情大悦，竟情不自禁地吟出了三藏教给他们《诗经》里的那首著名的《桃夭》诗："桃之夭夭，灼灼其华。之子于归，宜其室家……"当他仔细察看这片世外桃源时，发现这里不仅山清水秀，果树众多，空气湿润而清新，其秀丽程度绝不亚于花果山，更重要的是他觉得这里竟有一种似曾相识、犹如故乡的感觉。他蹦上一块巨石，身体转了一圈再仔细看了看，这才猛然想起来，原来他老孙以前曾来过这里，那是他大闹天宫被逐出天界后，曾到这里玩耍过，但他不知道这片桃林就是他上次吃过仙桃把桃核扔在这里后生长起来的。这时一阵阵哗哗的流水声吸引了他，抬头一看，原来那流水处就是当年他住过的水帘洞。悟空一个跳跃来到水帘洞，正要进洞休息时，天边传来了一缕缥缈然而非常清晰的声音："悟空，这是本菩萨送给你的住所。三百年后这里才有人居住，到时你再回花果山吧。"悟空闻言抬头看时，观音菩萨已经转身不见了。悟空连忙双手合十，打了一个问讯，之后，便再也没有为金箍咒的事情恨过观音菩萨。

从此以后，孙悟空就在这个水帘洞安居下来。猴子最爱吃枣和桃子，这里大枣虽然不多，但酸枣棵子却漫山遍野。现在桃花已经盛开，桃子还会远吗？山下是大片的桃棵子，山上除了青松外，有许多栗子树、橡子树、核桃树、柿子树、山楂树等，山果的种类比花果山丰富得多。虽然这里离大海远一些，但山下有一条小河，常年流水，生长着鱼虾、螃蟹等，可以抓一些来改善生活。悟空便高高兴兴地在此山洞居住下来。

孙悟空在这个山洞居住期间，不需要管理猴群，也不用为生计发愁，过得非常悠闲与惬意。夏秋两季有大量的仙桃、山杏、栗子、核桃等各种山果可以饱腹，冬春没有新鲜果实时，他就把秋天树上落下的栗子、核桃等干果捡拾起来，藏在洞里做储备粮。他有时去东边不远处的"望仙院"或"塔涧庵"听和尚或尼姑们念经、做法事，有时候也去花果山一带打探情况，大部分时间是在洞前练武健身。尽管这里气候与环境都很好，但太寂寞冷清了，他最终还是要回花果山的。有一次他挥舞着金箍棒耍起来，一时性起，猛地向水帘洞右侧的石壁上捣去，只听轰隆一声巨响，石壁被捣出了一个大洞。因为这个洞口朝南，后来人们便把这个孙悟空捣出的石洞叫作"朝阳洞"。半山腰上的一些巨石，都是他从悬崖上用金箍棒戳下来的。水帘洞东南山坡上，还有几个常年蓄水大小不一的深坑，传说也是当年孙悟空挥舞金箍棒时，用力过猛而留下的杰作。

孙悟空是何时从这里搬走的？没有人知道。只是当地的人们祖祖辈辈流传着孙猴子在此山洞居住过的传说。

高山海子沟

曹学同

挡阳柱山向西延伸的山脉，也叫挡阳柱西山。离主峰不远处有个叫作海子沟的地方，是桃棵子村的一个小自然村所在地，也是一个很有特点的天然景点。海子，肯定与海有联系，至少与水有关。若将眼前的景象说成大海的遗产或大海的后代也不为过，除了没有真实的海水，大海的其他特征尽揽其中，自古以来当地人形象地称其为"海子沟"倒也恰当。春秋时节登峰顶观望，山岚飘荡，云雾缭绕，恰似身临大海悬崖边，劲风奏涛声，海浪似的绿丛密林随风波动，一片声形兼备的大海景观尽收眼底。

在这片神奇的山坳里，树木葱绿幽深，树的主干顺山势而长，有些树如果在平原地带可能长得弯腰驼背，在这儿长起来却笔直挺拔，远远望去棵棵颇具"趾高气扬"的傲气，大有欲与峭崖试比高的势头。其实这是因山坳地理的缘故，山外气流遇到环形矗立的山崖后盘旋直上，常年梳理着树干冲天生长，与平原地带的树木相比显得格外高而直。

有关人和山水的关系，孔子说过著名的八个字："智者乐水，仁者乐山。"当代著名学者余秋雨在其文章中也有很贴切的论述："就人生而言，也应平衡于山、水之间。水边给人喜悦，山地给人安慰。水边让我们感知世界无常，山地让我们领悟天地恒昌。水

171

边让我们享受脱离长辈怀抱的远行刺激，山地让我们体验回归祖先住所的悠悠厚味，水边的哲学是不舍昼夜，山地的哲学是不知日月。"人不造山，山可造势，无欲无畏，唯我独尊。在赐予世间厚重博爱的同时，默默地显示着一种刚毅凛然的气质。

当世人由喧嚣纷争的市井踏入海子沟的一刹那，感觉像是坠入了一个原始大天坑，仿佛进入了另一个天地，一切都处在悬崖峭壁和密林的包围中，瞬时失去了阳光，失去了方向。举目望天，蓝天下朵朵白云从峰顶上悠悠飘过，两耳尽是风与崖壁和树木碰撞后的"呼呼"响声。若时值春夏，听到最多的是树木蝉鸟的交响共鸣声。置身于山坳中的人们似乎感觉到进入一种被大自然修炼的状态，云海静谧，俨然有一种定力促使你悄然安静下来，一切烦恼尽抛九霄云外。超纯的空气，富裕的负氧离子，一股难以抗拒的晶莹清新之气直冲腹底，霎时感到心胸开阔，心扉透彻，尽享脱凡超俗之悦。此刻，心中的感叹油然而生：大自然神功无量，竟有如此神奇造化。

登上挡阳柱主峰，散落在各山坳的十几个自然村一览无余。用传统的风水学观察整个村落的格局，恰似群山环抱中的一只大宝葫芦，四脉山的山脚是宝葫芦的大头，也是有名的峙密河的源头，小头在挡阳柱山下。依山傍水，整个村落堪称是一块风水宝地。而海子沟所处的位置就是宝地中的避暑山庄，缘于挡阳柱山的作用，在那里居住的村民，从来不受酷暑困扰，炎热的夏季夜晚也需盖被子睡觉，昼夜处在凉爽的空间里，享受着与城市人不一样的舒坦。美中不足的是，感觉这里的冬天要长一些。

本村张氏五户人家在此居住已有上百年历史，靠山吃山，这种倚山而居的自然村在桃稞子还有多个。走进旧居，造访老者，聆听讲述，还能嗅出古老的生活气息。天赐如此人间仙境，背山望水，藏风聚气；山泉长流，勤耕足食，邻里友善，与世无争。春来野花百鸟，夏至凉风习习，秋到山果丰硕，隆冬蜡象卧雪。在这样的环境中居住无疑是过着神仙般的日子。

海子沟的西山背面，有个名谓金钱峪的自然村，山形地貌和山东面的海子沟相似，当地村民把那儿的山坳也称为海子沟。由海子沟北侧登上山顶，随处可见似被海水冲蚀形成的沟壑。据村里的老者说：他们老一辈就传说那是远古时期被海水来回冲撞留下的沟，整地时还发现泊船用的铁锚。再看山腰处那些断崖峭壁的形态，明显有被海水冲刷过的凹槽遗痕。仔细观察后，海子沟周围现存的一个地理形态更能与大海链接。由于海子沟的水脉特别丰富，遇雨量充沛年景，半山腰泉水涓涓细流，长年不断，犹如大海退潮后，礁石嶙峋的海岸边出现的那种海水回流现象，让人想起那潮起潮落的海岸。如此说来，这条向西南延伸的山梁，似延伸到大海中的半岛，更像一个三面环海的"大型码头"。从地理特征上，按现代人的说法，起码是个深水良港。沧海桑田，海底变高山符合大自然规律，也是有科学依据的。在沂蒙山区的许多山顶上，很早就发现了深海贝壳类和其他海洋生物化石，像三叶虫化石等，据说整个沂蒙山区曾经是大海底，老一代地理学家早有定论。

从山形地貌上看，海子沟远古时期曾是大海岸边或小岛屿应该没什么疑问，但有些说法并没有史学依据，纯属传说，像铁锚之说、大海的沟壑等，经不起推敲。人类能冶炼金属特别是使用铁器的历史并不长，史前哪来的铁锚？如果说当地人有可能发现铁锚，应该是一种巧合现象，因为山中有含铁量较高的矿石暴露地面，经日晒雨淋氧化锈蚀后，某个形状恰似铁锚也许是可能的。把现在的山顶看作是远古的海底或海岸线还算靠谱。

内陆地区很多地方把湖泊称作海子，这一叫法历史悠久，而那些叫海子的确实都有水存在。像北京的北海、中南海、什刹海，最著名的则是云南的高山湖泊洱海，四川九寨沟的长海等。之所以称海子，无非是因为有蓄水功能，从不干涸且远离大海，同时反映出远离大海的人们对大海的崇拜和向往。

山区很多古怪的地名往往都有传奇故事，海子沟也不例外。

传说远古时候海子沟区域的大海退至东海后，水宫龙族们留恋它的故乡，将海子沟下方留下了一条与东海相连的通道，成为它们经常光顾海子沟的方便之道，闲暇时就来这里游览一番。传说常来的就有东海龙王的三太子敖丙，他是龙王特别宠爱的一个太子。敖丙很喜欢海子沟周边的景色，时常只身通过海底通道来海子沟玩耍，玩累了就躺在海子沟崖壁下面朝东海小憩，这样一来敖丙倚躺的崖壁慢慢地凹了进去，变成现在看到的半环形山坳。本应掌管兴云降雨的龙族们，来往途中拨云弄雨，甘霖不断，久而久之汇集成河，千年流淌，养育了无数黎民百姓。人们不忘感恩给这条河，便起了个名字叫"制蜜河"，意为水甜似蜜。后来三太子敖丙在与哪吒的争斗中不幸被打死，地下那条海沟也堵上了，从此之后龙族们才不再来海子沟了。

尽管是有些离奇的传说，但也表达了人们对海子沟的赞美，寄托着美好的心愿和梦想。海子沟曾经是福地，期盼未来更美好！

编后语

2016年11月，在《沂蒙红嫂祖秀莲》（济南出版社，2016年9月版）首发式上，"红嫂文化"创作基地挂牌成立。基地下设红嫂文学编辑部，负责"红嫂故里书系"的创作、编辑和出版。本书系的第二本编写哪方面的内容？编辑部经认真讨论，决定创作出版一本介绍桃棵子光荣历史、自然环境及地域文化的书，让外界多方面了解红嫂故里。特别是自成立红嫂故里旅游文化产业公司以来，"鱼水情乡"已成为桃棵子红色旅游总基调，宣传好红嫂精神，弘扬军爱民、民拥军的"鱼水"关系，显得尤为重要。

桃棵子是一个历史较长、文化底蕴深厚的村庄，挖掘当地的历史和传统文化也是当务之急。为此，本书除突出"鱼水情乡"这个主题外，还从"美丽乡村"和"古老传说"等方面进行了全方位的阐释，力图使读者更加全面地了解桃棵子。

本书三个部分共收入28篇文章，在十几位作者中，多数为在职人员，也有数位退休干部，他们牺牲了休息时间，为本书系的创作出版付出了艰辛的劳动。在本书编辑过程中，山东国防报原社长王学众、黄河出版社原总编室主任程鹏提出了修改意见，并亲自参与编校工作；桃棵子村和红嫂故里旅游文化产业公司的干部群众，对本书的编写给予了积极协助和配合。在此一并表示感谢！

由于时间仓促和水平所限，书中不当之处在所难免，敬请读者给予批评指正。

编　者

2018年2月